누가 뭐라든 너는 소중한 존재

누가 뭐라든
너는 소중한 존재

발달이 느린 아이를 키우는 엄마의
가슴 따뜻한 희망 메세지

이수현 지음

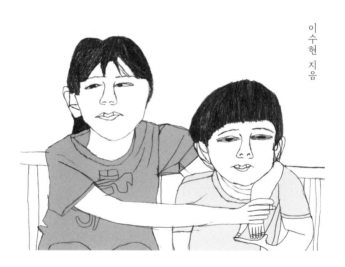

 스타라잇

목차

아이를 위해 어미가 가장 먼저 해야 할 것은 자신을 곧추세우는 일입니다. 아이에 대한 안쓰러운 슬픔은 어미를 깊게 가라앉게 합니다. 자신의 시간을 가지려 애쓰고 몸을 위해 운동을 하는 작가는 결국 자신의 삶 중심에 우뚝 서고 자신의 경계 안으로 사람들을 불러 모읍니다. 그러한 소중한 삶 속으로 들어가 작가가 내미는 희망을 나누어 봅시다.

－ 장차현실 (만화가)

수현 쌤은 역기를 가뿐하게 드는 정말 힘센 사람이다. 뭐든지 잘하는 '능력자'일 뿐만 아니라 옆에 있으면 참 재미있는 '해피 바이러스'이기도 하다. 그런 그녀가 누가 뭐래도 소중한 존재인 특별한 두 아이와의 삶에 대해 씩씩하게 세상에 외치고 있다. 역기 번쩍 들고 툭 던지듯, 가족의 에피소드를 유쾌하게, 때론 담담하게 전하는 용기가 아름다워서 자꾸 눈물이 난다.

－ 이경아 (도닥임아동발달센터장, 특수교육학박사)

'엄마는 모두 모성애가 뛰어나다!'라고 생각하고 이 책을 읽으면 그 관점에서 벗어날 수 없을 것이다. 나는 이 책을 읽고 책을 내려놓은 순간, 연우, 정우의 엄마가 아닌 '이수현'이라는 사람으로 누군가를 존중하고, 누군가에게 존중받는 삶에 감동받고 있음을 느꼈다. 온 맘 다해 '인간 이수현'이 그려 나갈 세상의 외침을 응원한다.

－ 임신화 (꿈고래놀이터부모협동조합 대표)

술술 읽히는 글에서 수현 쌤의 맑고 투명한 성정이 그대로 비친다. 그녀에게는 힘이 있다. 부모의 전폭적인 지지와 사랑을 받으며 자란 총명한 딸은, 삶을 긍정하고, 어떠한 어려움도 피하지 않으며 정면 대결할 수 있는 씩씩한 엄마가 되었다. 수현 쌤은 매일 빛나게 사랑한다. 아낌없이 쏟아부은 그 사랑은, 연우와 정우, 또 그의 제자들이 역경 속에서도 행복을 만끽할 수 있는 아이들로 자라게 한다. 이 책을 통해 그녀가 어떻게 이렇게 빛날 수 있는지, 믿고 기대하는 사람들에게 충분한 답이 될 것이라 생각한다.

　　　　　　　　　　– 엄선덕 (파파스윌사회적협동조합 대표)

작가의 말

첫째 아이가 장애 진단을 받은 지 7년, 둘째 아이의 진단은 4년이 지났다. 내 아이들의 이야기를 세상에 공개하기로 마음먹은 것이 지난여름이니 이 글을 쓰고 있는 지금까지 1년이 채 안 되는 시간이 지났다. 5년이 넘는 시간 동안 나는 내 아이의 장애를 꼭꼭 숨겼다. 내가 공개할 수밖에 없는 대상, 이를테면 가족, 가까운 친구, 의사, 아이의 선생님과 치료사에게만 내 아이의 장애에 대해 얘기했다.

12   작가의 말

지난 몇 년간 숨길 수만 있다면 숨기려고 애를 썼다. 식당에 가도, 카페에 가도, 승강기를 타도, 늘 구석으로 아이들을 내몰았다. 다른 사람들이 내 아이들을 어떻게 볼까 두려웠고, 장애 아이들을 키우는 나를 불쌍하게 볼까 불편했다. 아이가 사람들이 많은 곳에서 의미 없는 소리를 내며 돌아다닐 때 사람들의 시선이 고통스러워 아이를 다그치고 황급히 집으로 돌아오는 일도 많았다. 장애 아이를 낳았다는 이유만으로 내가 열등한 존재가 되어 사람들의 동정심을 사는 것 같아서 괴로웠다.

장애는 부끄러운 것도 아니고 숨기거나 감출 것도 아님을 깨닫기까지 오랜 시간이 걸렸다. 이제는 아이들을 숨겼던 반쪽짜리 거짓된 내 모습을 청산하고 내 아이들을 당당하게 '앞에' 두기로 용기를 내었다. 남에게 자랑하고 싶은 예쁜 모습만 보이는 것보다 고통과 아픔으로 온통 멍이 든 내 모습까지도 기꺼이 내어 보이며 나누는 삶이 더 아름답다는 것을, 나는 서서히 깨달아 가고 있다.

나처럼 용기를 내어 장애 이야기를 할 수 있는 사람이 많아지면 좋겠다. 장애에 대한 지식을 탐구하는 사람 말고, 장애인의 삶에 관해 이야기할 수 있는 사람이 많아지면 좋겠다. 장애인과 가족의 삶에 관한 이야기가 서점의 한 코너를 차지할 수 있었으면 좋겠다.

아이들이 장애 진단을 받고 빛 한줄기 없는 깜깜한 방에 갇혀 있는 것 같았다. 그때 나는 아무리 도서관을 뒤져도 '장애인을 낳아도 괜찮아. 너도 행복할 수 있어.'라고 희망을 주는 책을 찾지 못했다. 장애에 관한 지식은 넘쳐 나지만 장애인의 삶을 이야기하는 책은 찾기 힘들었다. 어쩌면 그만큼 장애인으로, 또 장애인의 가족으로 사는 것이 자그마한 목소리도 내지 못할 만큼 힘겹다는 뜻은 아닐까. 내가 용기를 내어 쓴 글이 많은 이들에게 이렇게 이야기해 줄 수 있으면 좋겠다.

"괜찮아요. 당신도 행복할 수 있어요."

2022년 여름,

김포 들녘에서.

1장

용기

갑작스러운 불행

"저기 구석 자리에 앉자."

카페에 가면 사람들의 시선을 피할 수 있는 구석 자리를 찾았다. 사람들이 내 아이를 보는 것이 싫었다. 정확히 말하면 내 아이의 남다른 행동을 보는 사람들의 눈빛이 싫었다. 아무도 없는 곳이면 마음이 편했다. 그렇게 몇 년을 살았다.

결혼 후 3년 동안 임신이 되지 않아 간절한 기도

끝에 얻은 아이다.

　"하나님. 어떤 아이를 보내 주시든 제가 정성을
다해 사랑으로 키우겠습니다."

　날마다 이렇게 기도하며 그토록 원했던 아이였는
데, 왜 자꾸만 뒤로 감추고 싶었을까.

　장애가 있는 아이를 낳을 줄은 몰랐다. 꿈에도 몰
랐다. 누구나 인생에서 불의의 사고를 만나기도 하
고 큰 불행을 겪기도 한다지만, 나에게 온 불운은
온갖 상상력을 동원해도 절대 일어날 수 없는 일이
었다.

　아이가 태어날 때부터 장애가 있었던 것은 아니
다. 지극히 건강하고 예쁘고, 또래에 비해 똑똑하기
까지 한 아이였다. 나는 이 아이를 세상에 마구 자랑
했다. 외출할 때면 늘 화려한 헤어밴드와 고운 옷을
입혀 어딜가나 관심을 받았다. 한국어는 물론 영어
까지 잘하는 것을 보고 사람들은 혀를 내둘렀다.

"엄마가 예쁘고 똑똑하니까 아이도 엄마를 똑 닮았네."

뿌듯하고 행복했다. 하루하루 아이가 커 가는 모습이 대견하기만 했다.

그러던 어느 날 아이가 이상해지기 시작했다. 이유를 알 수 없는 불안함이 찾아왔다. 갈수록 육아가 더 답답하고 힘들어졌다. 아이와 나 사이의 벽이 점점 더 두터워져 가는 느낌이었다. 그리고 어느 날부터인가 아이는 급속도로 퇴행을 하기 시작했다. 하던 말을 못 하게 되고, 잘 신던 신발을 못 신게 되고, 보던 책을 못 보게 되었다.

차라리 이게 사고의 결과였다면 아이의 장애를 조금은 더 쉽게 받아들일 수 있었을지도 모른다. 잘 자라던 아이가 더는 생각이 자라지 않는다는 '발달장애' 진단은 도저히 받아들일 수가 없었다. 꿈이었다. 현실일 리가 없었다. 그 어떤 꿈이 이보다 잔인할 수 있으랴. 이렇게 건강하고 예쁜 내 아이가 평생 장애인으로 살아야 한다니.

그런데 꿈이 아니었다. 아이는 자라지 않았다. 몸도 함께 자라지 않았다면 남들에게 설명이라도 쉬웠으련만, 몸과 함께 자라야 할 생각이 자라지 않았다. 아니, 오히려 퇴행을 거듭하고 이상한 행동을 계속했다. 아이를 내세우며 자랑하기 바빴던 나는 사람들의 눈을 피해 숨기 시작했다. 지인들과의 연락을 끊었다. 식당이나 카페에도 발길을 끊었다. 아이와 있던 엘리베이터에 누군가가 타면 깜짝 놀라 아이를 뒤로 숨겼다.

누구보다 성실히 살았고 그에 대한 보상으로 행복한 삶이 보장될 줄 알았는데 평생 장애아를 키워야 한다니. 아무리 몸부림쳐도 바뀌지 않는 냉정한 현실 속에 나는 하루하루 시들어 갔다.

인생에서 갑작스러운 불행을 만나게 된 사람들이 나와 비슷한 생각을 하며 살아갈 것이다. 주변에 친구가 많아도 내 인생의 불행은 오롯이 내가 감당해야 하니까.

이느 날 갑자기 불치병이 찾아오든, 끔찍한 사고를 당하든, 자식을 떠나보내든, 배우자와 이별을 하든, 한번도 생각해 보지 않은 불운이 내게 왔을 때, 피하고 싶지만 거부할 수 없는 잔인한 현실 앞에 벌거벗겨졌을 때, 어제와는 완전히 달라진 내 삶을 부정하지 않고 어떻게 살아갈 수 있을까. 주어진 운명을 어떻게 받아들이고 삶을 이어가야 할까.

나에게 스스로 끊임없이 던졌던 이 질문은 꼭 나의 것만은 아닐 것이다. 버틸 수 없는 삶의 무게를 아슬아슬하게 견뎌 내고 있는 사람들. 운명 앞에 무릎을 꿇은 수많은 사람들이 오늘도 간절한 마음으로 답을 구하려 애쓰고 있을 것이다. 나 역시 이 질문의 답을 찾기 위해 일을 하고, 글을 쓰고 생각하며 치열하게 살아간다.

오늘도 '감동'
꾹 누르고 갑니다

"주소 좀 알려 주세요. 선물 보내고 싶어요."

"아닙니다. 괜찮습니다. 마음만 받을게요."

"똥가방(명품 가방)이라도 보낼까 봐 그래요? 열심히 사는 모습에 너무 감동받아서 작은 선물이라도 보내고 싶어서 그래요."

며칠 후 택배가 왔다. 상자를 열어 보고 깜짝 놀랐다. 된장, 고추장, 매실액, 액젓 등 명인이 만들었다는 온갖 양념장이 가득 들어 있었다. 내가 천연 조미료로 반찬을 만든다는 사실을 알고 보낸 선물이었다. 명품 가방보다 훨씬 값지고 따뜻했다. 발신인은 한 번도 만난 적이 없지만 나에게 늘 응원의 댓글을 남겨 주는 페이스북 친구다.

사람들은 왜 SNS에 열광할까? 사람들과 소통하고 자기 생각과 경험을 공감받고 싶어서일 것이다. 사람은 자신에 관해 이야기할 때 음식이나 돈 같은 직접적인 보상에 반응하는 두뇌 회로가 활성화된다고 한다. 자신의 이야기를 하고 타인의 공감을 얻는 것이 달콤한 초콜릿을 먹는 것처럼 강력한 만족감을 주는 것이다.

나도 장애아를 키우는 내 삶에 대한 공감을 얻고자 페이스북을 시작했다. 단 한 명이라도, 장애인과 그 가족들의 어려운 삶을 공감하고 이해해 주기를 바라는 마음으로 사는 나에게, SNS는 그야말로 가장 효과적인 수단이었다.

처음에는 겁이 났다. 교사인 내가 이렇게 개인사

를 공개해도 되는 걸까. 혹여, 누가 내 글에 돌을 던지지는 않을까. 뒤에서 내 일을 안주 삼아 수군대진 않을까. 가뜩이나 힘든 내 마음에 상처를 입지는 않을까. 혹시라도 나보다 더 힘든 사람에게 내 글이 상처가 되지는 않을까. 이런 걱정들 때문에 처음에는 내 사정을 아는 사람들에게만 계정을 공개했다. 그들은 글을 읽으면서 그간 말하지 못했던 내 삶을 이해해 주기 시작했고, 진심 어린 응원을 보내 주었다. 오랫동안 세상과 단절하고 지냈던 나는 그들의 공감만으로도 큰 위로를 받았다.

지인들의 지지와 격려로 용기가 생긴 나는 모르는 사람들에게도 내 계정을 공개하기로 마음먹었다. 우리 아이들이 조금이라도 숨쉬기 편한 세상을 만들려면 단 한 사람의 눈길이라도 따뜻하게 바꿔 놓아야 했기 때문이다.

감사하게도 사람들은 내 이야기에 관심이 많았다. 몇 달 만에 팔로워가 5천 명 가까이 늘고 '좋아요'가 열 개 남짓 되던 내 글에 사람들이 수백 개의 공감을 눌러 주기 시작했다.

　세상은 생각보다 따뜻했다. 내 이야기에 공감하는 것뿐만 아니라 적극적으로 도와주고 위로하고자 하는 사람들이 많이 생겨났다. 어떤 사람은 우리 아이들이 가지고 놀 만한 장난감을 보내 주기도 했고 또 어떤 사람은 김치를 담가서 보내 주기도 했다. 육아와 교육에 도움이 될 만한 책을 비롯해 과일, 과자, 비타민, 동화책, 학용품, 공연 티켓 등 생각지도 못한 선물도 많이 받았다. 그뿐만이 아니다. 우리 아이들을 돌봐 주겠다며 집까지 찾아온 사람도 있었고, 자신이 운영하는 사업장으로 오라며 카페, 학원, 놀이방으로 초대해 주기도 했다. 얼굴 한번 본 적 없는 사람에게 적극적으로 관심을 표현하고 응원해 주는 사람들이 나는 그저 신기할 뿐이었다. SNS 세계도 사람 냄새나는 세상이었다. 가상의 공간이지만 사람이 있기에 따뜻한 온기가 흘렀다.

　나는 내 이야기를 미화하거나 숨기지 않고 고스란히 날것으로 글에 담았다. 어떤 날은 한 문장을 쓰고

한 시간을 울기도 했다. 어떤 날은 분노로 활활 타오르는 마음을 애써 진정시키며 글을 써 내려가기도 했다. 이 과정을 통해 피하고만 싶고 들여다보고 싶지 않았던 내 삶을 정면으로 직시하게 되었다. 그리고 상처와 억울함, 분노, 슬픔 등 온갖 부정적인 감정들로 얼룩진 나 자신을 돌아보게 되었다. 그러자 놀랍게도 사람들은 내 이야기에 담긴 삶의 어두움까지도 그대로 공감하고 받아 주었다. 이것이 나를 더 당당하고 떳떳한 사람으로 만들어 주었고, 나는 자신감을 얻어 더 단단한 사람이 되었다.

동굴 속에 웅크리고 있던 나는 조금씩 세상 밖으로 나와 어깨를 펴고 걷고 있다. 외로웠던 마음에 온기가 들고, 따뜻해진 마음으로 아이들을 키울 수 있게 되었다. 두 장애아를 키우며 대가 없이 응원해 주는 많은 이들에게 나는 사랑의 빚을 지게 되었다.

이 빚을 어떻게 갚아야 할까.
고난을 통해 삶이 더 빛난다고 하지만, 나는 그 역경을 통과하고 있는 사람이 얼마나 숨 막히는 삶을 살고 있는지를 잘 알기에, 그 사람들에게 기꺼이 손 내밀어 주는 것으로 이 사랑의 빚을 조금이나마 갚고 싶다. 나와 내 가족을 따뜻하게 안아 준 많은 이들처럼 나도 내 삶을 통해 희망을 전해 보고 싶다.

내 글이 한 사람의 눈물이라도 닦아 줄 수 있다면, 그래서 한 사람이라도 용기 내어 살아갈 수 있다면 그것만으로도 내 아픔은 충분히 의미가 있지 않을까.

흔한 나들이

아이들과 오랜만에 나들이를 갔다. 자주 가던 공원 놀이터에 주말이라 그런지 아이들이 많았다.

연우는 요즘 들어 "에~~", "어~~", "으~~"와 같은 의미가 불분명한 소리를 내며 돌아다닌다. 기분이 좋으면 더 크게 소리를 낸다.

놀이터에 아이들이 많으니 연우가 더욱 신이 나서

큰 소리를 내며 돌아다녔다. 한 꼬마가 연우를 가리키며 소리를 쳤다.

"쟤 왜 저래? 왜 이상한 소리를 계속 내지?"

연우보다 적어도 두세 살은 어릴 것 같은 조그마한 녀석이 연우의 독특한 행동을 보고 금세 얕잡아보며 으름장을 놓았다.

"야! 너 저리 비켜."

연우는 또 그 말을 반향어*로 따라 한다.

"야, 너 저리 비켜. 야, 너 저리 비켜. 야, 너 저리

---

* 타인의 말을 의미도 모르면서 그대로 메아리처럼 되받아서 따라 하는 말이다. 언어 발달 과정에서 생후 9개월 경부터 영아는 주변 사람의 말을 의식적으로 그대로 모방한다. 반향어는 영아의 어휘 발달을 위해 매우 중요한 과정이다. 한편 반향어는 자폐증autism의 전형적인 한 증후로 자폐아는 의사소통이 충분히 가능한 연령임에도 불구하고 다른 사람이 말을 걸면 앵무새처럼 되받아 말을 하기 때문에 의사소통에 장애가 된다. _「교육심리학용어사전」, 한국교육심리학회

비켜……"

　가까이 가면 병이라도 옮을 것처럼 자기 아이를 접근도 못 하게 하는 부모가 있다. 단지 아이가 독특한 소리를 내는 것뿐인데, 다른 아이들과 조금 다른 방식으로 행동하고 노는 것뿐인데, 사람들은 이렇게 어디를 가나 연우의 '다름'을 받아들이지 못한다.
　눈물이 쏟아질 것 같았다. 내 아이를 피하는 사람들을 붙잡고 하소연이라도 하고 싶다.

　"우리 아이는 잘못이 없어요. 우리 아이도 다른 아이들과 똑같아요. 단지 노는 방식이 조금 다른 것뿐이에요."

　아이와 함께 나들이를 가면 이런 일은 너무나 흔하다. 사람들의 눈빛과 말투, 어린아이조차도 우리를 얕잡아 보는 듯한 반응을 아마 수백 번은 겪었을 것이다. 하지만 아무리 많이 경험했다 해도 여전히 마음속 상처에 물집이 터지고 진물이 흐른다. 도무지 굳은살이 생기지 않는다. 아니, 겪으면 겪을수록 더 아프고, 안타깝고, 내 아이가 더 안쓰럽다. 내게는 한없이 소중하고 예쁜 아이가 다른 사람들에게는 전염병처럼 피하고 싶은 대상일 수 있다는 것을 어떻게 받아들여야 할까.

사람들의 반응 때문에 애꿎은 아이한테 괜한 짜증을 냈다. 못난 엄마다. 장애는 수술해서 고칠 수 있는 병이 아니라는 게 답답하고 슬프고 속상하기만 하다. 다른 사람들에게는 흔한 나들이조차 가볍게 지나갈 수 없는 삶이 무겁게 느껴진다.

나들이에서 집으로 돌아오는 길. 아무 잘못도 없는 아이를 무시하고 피하던 사람들의 모습이 자꾸만 떠올라 가슴이 뻐근했다.

아이의 장애를 고칠 수 없다면 엄마인 나는 어떻게 해야 할까. 이렇게 차가운 시선을 마주할 때마다 쫓아가서 내 아이가 뭘 잘못했냐고 따질 수는 없지 않은가.

장애는 어쩔 수 없지만 아이에게 든든한 버팀목이 되어 주고 싶다. 그리고 조금이라도 세상을 따뜻하게 바꾸어 보고 싶다.

　절대 흔하지 않은 우리의 나들이도 평범한 사람들 속에서 아주 흔한 나들이가 될 수 있기를. 그런 날, 그런 세상이 오기를 간절히 기도한다.

이민을 갔어야 했나

벌써 22년 전의 일이다. 나는 캘리포니아California의 버클리Berkeley에 있었다. 어학연수가 목적이었지만 세상에 대한 호기심이 가득했던 나는, 거의 매일 버스를 타고 여기저기를 쏘다니곤 했다. 그날도 버스를 타려고 정류장에 서 있는데 한 여자가 내게 말을 걸었다.

"재킷이 예쁘네요." I love your jaket

옷 이야기를 시작으로 나는 그녀와 쇼핑 이야기를 한참 했다. 그때, 어디선가 휠체어를 탄 장애인이 나타났다. 그러자 정류장에 있던 사람들은 마치 기다렸다는 듯이 그와 인사를 나눴다. 정류장에는 금세 활기가 넘쳤다.

버스가 도착하니 난생처음 보는 장면이 펼쳐졌다. 버스의 앞문이 열리고 마치 승강기처럼 버스 바닥의 일부가 도로로 내려왔다. 운전기사는 차에서 내려 휠체어를 탄 장애인을 직접 버스에 태웠다. 그것도 느긋하게 일상적인 대화를 주고받으면서.

장애인의 표정에서 미안함이라고는 전혀 찾아볼 수 없었고, 버스를 기다리던 사람들의 모습에서도 불평이나 짜증은 볼 수 없었다. 그곳에서 조급한 사람은 오직 나, 하나였다.

그 후 15년 뒤에 다시 미국에 갔을 때, 장애인들이 많이 산다는 데이비스Davis에 머물렀다. 나는 평생교육원Adult School의 복도에서 한 중증 자폐인과 자주 마주쳤다. 교육원에 있던 미국인, 남미인들은 그를 보고 늘 밝게 인사했다. 하지만 나는 두려웠다. 알아들을 수 없는 말로, 때로는 소리를 지르며 손을 흔드는 상동행동*은 태어나 사람에게서 한번도 보지 못한 모습이었다. 만약 이전에 주변에서 본 적이 있었다면, 또 누군가가 자폐성 장애에 대한 설명을 내게 해 주었더라면 아마 그렇게까지 거부감은 들지 않았을 것이다.

하지만 그곳에 있던 사람들은 달랐다. 그가 복도에서 소리를 질러 수업에 방해가 될 때에도 그저, "오늘은 기분이 좋은가 봐." 정도로 웃어넘길 뿐이었다.

얼마 전 '장애인의 이동권'에 대한 인터넷 기사의 댓글을 읽어 내려가다 가슴이 무너져 눈물이 났다.

'장애가 무슨 훈장이냐?'

---

* 지속적이고 반복적인 행동으로 몸을 앞뒤로 흔드는 행동. 손을 계속 움직이는 행동. 의미 없이 소리를 반복하는 등 종류와 형태가 다양하다.
_「상담학 사전」, 학지사

'장애인이라고 바쁜 시민들을 볼모로 잡는 시위를 이해해 줘야 하냐?'

'자신들의 이익과 편의를 위해서 선량한 시민들을 불편하게 하는 이기적인 장애인들!'

물론 시위에 관심을 보이며 소신껏 의견을 남긴 사람도 있었지만 대부분의 사람들이 여기에 비난과 욕설을 퍼부었다. 하지만 그들이 얼마나 오랫동안 인간으로서의 기본권을 부르짖어 왔는지, 왜 최후의 수단인 출근길 시위를 선택할 수밖에 없었는지 그 이유를 아는 사람은 많지 않다.

몸이 불편한 장애를 가진 사람도 이렇게 핍박받는데, 겉으로 장애가 없어 보이는 발달장애인을 둘이나 키우고 있는 나는 어떻게 살아야 하나. 또 우리 아이들은 어떻게 해야 하나.

장애인과 내 아이가 왜 같은 반이냐고, 수업을 방해하는 장애인이 왜 특수학교를 가지 않는 거냐고 학교에 민원을 거는 학부모의 태도가 너무 당당해서 말문이 막힌 적이 있다. 이런 부모 밑에서 자란 아이들이 성장한다면 20년이 아니라 50년이 흘러도 미국에서 봤던 장애인의 밝은 모습은 한국에서 찾아볼 수 없을 것이다.

'당신도 장애인이 될 수 있어요. 당신의 가족도 장애인이 될 수 있어요.'

이런 말은 하고 싶지가 않다. 우리 모두가 잠재적 장애인이라서 장애인을 존중해야 하는 건 아니다. 한 인간을 존중하는 것은 지극히 당연한 일인데, 이것이 어찌 약자가 울부짖어야 하는 일이며, 이토록 비난을 받아야 하는 일인지 슬프고 절망스럽다. 아이들을 위해 일찌감치 이민을 갔어야 했나. 근래에 발달장애인 자녀와 함께 죽음을 택한 부모들의 좌절과 눈물의 삶을 나는 깊이 공감한다.

누구 탓일까?

"여기 이 기사 좀 봐. 자폐는 아빠 때문이래. 아빠 유전자래."

아이를 조기 교실에 보내 놓고 온종일 둘러앉아 한숨 쉬던 엄마들과 기사를 읽어 내려갔다. 엄마들은 늘 마음 한 곳에 아이의 장애가 자신 때문이라는 죄책감을 느끼고 있었다. 그 기사가 엄마들에게 어떤 위안을 주었는지는 모르겠다. 하지만 나에게는 조금도 위로가 되지 않았다.

어떤 날은 한 엄마가 통곡을 하기도 했다.

"우리 시어머니가 그러시는데 우리 애 자폐가 나 때문이래. 남편 집안에는 장애인이 없는데, 나랑 결혼을 해서 자폐아가 나왔다는 거야. 그런데 왜 그 말이 진짜 같지? 아니라는 거 아는데, 진짜 나 때문인 것 같기도 해."

치료실에 앉아서 이런 얘기를 얼마나 많이 들었는지 모른다. 자폐아를 낳은 게 내 탓이라고 얘기하지 않는 우리 시어머니가 고마울 지경이었다. 안 그래도 세상에서 가장 큰 슬픔을 안고 사는 엄마에게 이 무슨 잔인무도한 짓인지. 당장 쫓아가서 머리채라도 잡고 흔들고 싶은 심정이었다. 도와주지는 못할망정 엄마의 마음에 대못을 박는 이들이 가족이라는 이름으로 존재했다.

아이가 자폐 진단을 받으면 누구나 끊임없이 '왜?'

라는 질문을 하게 된다. 하지만 아무리 질문을 해도, 이 세상에 그 어떤 자료를 찾아봐도 속시원한 대답을 얻지 못한다. 자폐는 아직 그 원인도 치료법도 명확히 밝혀진 것이 없다. 세상에는 원인과 치료법을 알지 못하는 질병이 생각보다 많음을 아이를 낳고 나서 알게 되었다. 병명은 모두 다르지만, 공통점이 하나 있다. 모두가 '왜?'라는 질문을 한다는 것이다.

이 '왜?'라는 질문은 인간 심연의 뿌리를 흔드는 질문이 되기도 하고 원인을 파헤치는 과학적인 질문이 되기도 한다.

그런데 말이다. 이 질문이 장애인 자식과 함께 살아가야 하는 내 삶에 어떤 의미가 있을까? 나는 신이 내 그릇을 보고 감당할 만한 고난을 허락했다는 말이 세상에서 제일 끔찍했고, 자폐 치료법이 드디어 개발되었다는 기사 역시 고통스러웠다. 그 어떤 것도 절망 가운데 있는 나와 내 아이들을 구원해 주지 못했다.

많은 이들이 장애가 있는 아이를 낳으면 죄책감을

느낀다. 나 역시도 그랬다. 그리고 부모에게 책임을 돌리는 사람들도 있다. 정확한 원인을 찾지 못하니 비난의 화살이 부모에게 돌아가는 것이다. 자폐증의 원인이 모성의 온기 부족 때문이라는 '냉장고 엄마' 이론이 그랬듯, 사람들의 의식 속에 자폐증이 부모 때문이라는 생각이 보이지 않게 자리하고 있다.

자폐의 책임이 부모에게 있다는 생각은 무지의 소산이다. 어떻게든 원인을 찾고 싶어 하는 부모와, 죄책감에 시달리는 부모, 그리고 장애를 부모의 탓으로 돌리는 사람들. 이 모든 것은 우리가 알 수 없는, 인간이 통제할 수 없는 영역이 있다는 것을 인정하지 않는 데서 비롯된 것이다.

죄책감과 책임전가. 그 어떤 것이 장애인과 장애인 가족의 삶을 구원해 줄 수 있을까? 오히려 우리의 삶을 좀먹고 파괴할 뿐이다.

자폐 유전자가 아빠에게 있다는 기사를 쓴 기자는 장애인의 가족을 돕기 위해 글을 쓴 것일까? 아니면 장애인의 가정을 파괴하려고 기사를 쓴 것일까? 아마도 자신이 쓴 기사가 장애인 가족의 삶에 어떠한 파괴력을 가져올지 모르고 썼을 것이다.

이런 기사에 흔들리지 않는 단단한 마음으로 내 아이들을 키우고 싶다. 나 역시 죄책감 때문에 잠 못 이루는 괴로운 날들을 보냈다. 그 시간은 영혼을 찌르는 가시로 남아 나와 내 가족을 아프게 했다. 증명되지 않은 지식과 잘못된 정보의 바다에 빠져 허우적대다 시간만 허비했다.

이 땅의 모든 부모가 영혼을 좀먹는 죄책감에 휘둘리지 않았으면 좋겠다.

어떻게 하면 아이들을 잘 키울 수 있을지 매일 궁리하며 살기에도 빠듯한 시간이니까. 더 힘을 내 사랑하기에도 부족한 인생이니까.

2장

나

나를 닮은 딸

"아니 왜 애를 밀어요?"

"죄송합니다. 아이가 찻길로 가면 위험할까 봐 저희 애가 급한 마음에 밀었나 봐요."

길가에 서 있는 아이가 연우의 눈에는 아슬아슬해 보였나 보다. 내가 잡으려 했을 땐 이미 늦었다. 급할 때 소리를 치면 좋으련만, 늘 이렇게 행동이 먼저 나온다.

"연우야. 급하면 소리를 쳐. '위험해!'라고 해 봐."

"위험해! 위험해!"

"그래, 그렇게 하는 거야. 그리고 모르는 사람은 만지면 안 되는 거야. 알았지?"

나는 '모르는 사람'에 대해 설명을 하려다 그만두었다. 그간 여러 번 설명해 주었지만 잘 이해하지 못하기도 했고, 위험한 상황이라 판단되면 모르는 사람이라도 달려가 구해야 하는 게 맞으니까. 연우가 맞다 싶었다.

자폐성 장애는 관심이 자기 안에만 머물러 남을 돌보지 못한다고 누가 그랬나. 그것도 사람 나름인 것 같다. 장애인이라고 해서 특정 장애의 보편적 특징으로 그를 판단하는 것은 마치 모든 사람을 혈액형으로 나누어 일정한 특성에 따라 규정하는 것과 같다. 내 딸이 자폐인이라고 해서 다른 사람을 돌보지 못할 것이라 짐작하는 것은 어딘지 모르게 억울한 구석이 있다. 물론 일반 사람과 같은 정확한 판단과 세심한 배려는 힘들지 모르겠지만 말이다.

동생을 챙기고 모르는 사람까지 생각하는 연우를 볼 때면 어린 시절의 내 모습이 떠오른다.

중학교 시절, 나는 매일 아침 1등으로 등교를 했다. 그리고 아무도 없는 교실에 들어가 성경책을 펼쳤다. 매일 한 장씩 성경을 읽고 빈 종이에 성경 구절을 적었다. 그리고 뒤편에는 친구에게 줄 쪽지를 썼다. 친구들은 내가 보낸 쪽지를 좋아했다. 오늘은 누가 쪽지를 받을 차례냐고 묻기도 했다. 나를 둘러싸고 미소 짓던 친구들의 모습이 지금도 아련하게 떠오른다.

친구들은 나에게 모르는 것을 자주 물어봤다. 나는 설명해 주는 게 참 재미있었다. 친구들에게 차근차근 설명을 해 주고는 완전히 이해했는지 재차 확인까지 했다. 그때부터 교사 기질이 있었나 보다.

가르치는 게 너무 재미있어서 친구들에게 토요일에 방과 후 학교에 남아 함께 공부하자고 제안했다. 그래서 예닐곱 명의 친구들이 토요일마다 모였고, 나는 과외 선생님이 된 것처럼 친구들에게 공부를 가르쳐 주었다. 시험에 나올 만한 중요한 것들은 친구들에게 반복해서 알려 주고, 모의시험까지 준비해 나눠 주었다. 나와 공부하면서 성적이 부쩍 오른 한 친구의 어머니는 내게 고맙다며 떡 한 팩을 선물해 주기도 했다.

친구들뿐 아니라 한 살 터울의 남동생도 잘 챙겼다. 몸이 약한 남동생을 데리고 다니며 그네 타는 법도 가르쳐 주고, 구슬치기, 술래잡기하는 법도 알려 주었다. 숙제를 버거워하는 동생이 안타까워 대신해 주기도 했고, 누구한테 한 대 맞아 오기라도 하면 열 대를 패 줄 기세로 동생을 지켰다. 밤이 되고 잠자리에 들 때면 동생의 이마를 쓰다듬으며 잘 자라고 뽀뽀까지 해 주곤 했다.

모전여전이라고 해야 할까. 우리 딸의 모습에서 어릴 적 내 모습을 본다. 한 번도 동생을 챙기라고 요구하거나 알려 준 적이 없는데, 연우는 언제부턴가 스스로 동생을 챙기기 시작했다. 함께 외출할 때면 산만하게 뛰어다니는 동생이 길을 잃을까 봐 안절부절못하며 뒤를 쫓아간다. 엘리베이터를 타면 혹시라도 문이 닫혀 동생이 내리지 못할까 봐 동생을 끌어당겨 먼저 내리게 한 다음 자기가 내린다. 놀이터에서 줄을 설 일이 생기면 늘 자기 앞에 동생을 세우는 것은 물론, 넘어지면 일으켜 세우고, 모르는 장소에 가면 동생의 손을 꼭 잡아 준다.

동생만 챙기는 줄 알았는데 그것도 아니다. 놀이터에서 넘어진 아이가 있으면 쏜살같이 달려가 일으켜 준다. 아장아장 걸음마를 하는 아기가 그네 가까이에 가는 모습을 보면 행여 아기가 다치기라도 할까 봐 불안해한다. 자주 있는 일은 아니지만 길을 가다 모르는 사람이 물건을 떨어뜨리고 지나가면 얼른 주워다 주기도 한다.

자폐성 장애가 있는 아이가 타인을 이렇게 챙긴다는 건 기적에 가깝다. 전문가들에게 이야기하면 믿기 힘들다는 반응을 보인다. 의사소통이 어려울 뿐 아니라 자신의 물건도 제대로 챙길 줄 모르고 일반적인 상황판단이 잘 안되는, 결코 경증이라고 말할 수 없는 장애가 있기 때문이다.

아이는 대체 무슨 생각으로 타인을 챙기고 있는 걸까. 도대체 어디에서 배운 걸까. 아무리 생각해도 나는 가르쳐 준 적도 없고, 어디에서 배웠을 리도 없다. 그저 아이의 타고난 기질이라는 생각이 든다.

'자폐인이라고 해서 꼭 도움을 받기만 하는 것은 아니구나!'
'사랑하는 마음은 장애도 초월하는구나!'

나를 꼭 닮은 아이를 낳고 싶었는데 정말로 날 닮은 아이를 낳았다.

아침에 눈을 뜨니 이불을 끌어당겨 동생을 덮어주는 연우의 얼굴이 보인다. 딸의 미소가 화사한 봄날의 햇살처럼 사랑스럽다.

어려운 선택

‘왜 하필 나만 외국인 교수로 배정된 거야?’

교육대학원 마지막 학기에 논문 지도교수 배정 공고문을 확인하고 나는 깜짝 놀랐다. 내 지도교수가 독일인이었기 때문이다.

나는 그의 수업을 세 번이나 수강해 그가 얼마나 훌륭한 교수인지 잘 알고 있었다. 진심으로 존경하고 좋아하는 스승이었다. 그런데 막상 그가 내 논문 지도교수가 되었다고 하니 동기들 모두가 입을 모아 걱정을 했다.

"그 교수님 논문 지도 진짜 까다롭게 하신다던데. 선배들이 그 교수님 배정되면 다 다른 교수님으로 바꾸더라고. 게다가 영어로 써야 하잖아. 임용고시 준비하기도 바쁜데 그걸 언제 신경 쓰고 있어. 얼른 다른 교수님으로 교체해 달라고 요청해."

고민이 됐다. 아무리 존경하는 교수라고 해도 임용고시 준비를 포기할 수는 없었다.

논문에 시간을 투자할 것인가, 아니면 임용고시에 집중할 것인가. 이 두 개의 선택지를 두고 고민을 하다가 결국, 나는 운명을 받아들이기로 했다.

지도교수와 첫 미팅을 했다. 그는 최근 5년간 논문 지도를 해 본 일이 없다고 했다. 학생들이 외국인인 자신을 부담스러워하는지 학교에 논문 지도를 하겠다고 해도 학생 배정을 받지 못했다고 했다. 그러면서 오랜만에 하는 논문 지도이니 잘해 보자고 했다.

그는 정말 깐깐하고 예리했다. 밤새도록 고민한 내 글에 빨간 줄을 가차 없이 좍좍 그었다.

논문을 위해서 읽어야 할 글도 너무 많았다. 결국 임용고시를 포기했다. 임용고시는 다음 해 합격을 목표로 하고 우선 논문에 집중하기로 했다.

전공이 영어이기는 하지만 의사소통을 전부 영어로 하는 것은 부담스러운 일이었다. 게다가 수학에 약한 내가 통계 처리까지 모두 영어로 설명해야 하니 만날 때마다 긴장해 땀이 비 오듯 쏟아졌고, 팔다리가 다 후들거렸다.

동기들은 나를 안타까워했다. 자기들은 논문을 벌써 끝내고 임용고시 준비에 매진하는데 왜 그렇게 논문에 매달리고 있는 거냐고. 나 역시 내가 안타까웠다.

드디어 논문이 완성되고 심사가 있던 날, 나는 대기실에서 울렁거리는 속을 겨우 추스렸다. 6개월 동안 피땀으로 쓴 논문이 드디어 평가를 받는 날인데, 왠지 모르게 허탈하고 허무한 감정으로 마음이 복잡했다. 나는 왜 이렇게 인생을 어렵게 사는 건지, 대기실에 앉아 있는 내가 초라하게 느껴졌다.

심사가 열리는 방으로 들어가니 내 지도교수를 포함해 세 명의 교수가 앉아 있었다. 그때 들은 평가를, 나는 15년이 지난 지금도 잊을 수가 없다.

"교육대학원에서 이런 논문은 단 한 번도 나온 적이 없습니다. 조금 더 발전시켜 박사논문으로 써도 손색이 없습니다. 주제도 좋고 글도 완벽합니다!"

끝도 없이 쏟아지는 칭찬 세례 속에 나는 어안이 벙벙했다. 초라하게만 보였던 내 논문이 이렇게 대단한 것이었다니. 믿을 수가 없었다. 지도교수도 다른 교수들의 호평에 흥분을 감추지 못했고, 나에게 엄지를 들어 보이며 환하게 웃었다.

비록 임용고시 공부는 못 했지만, 논문에서 최고 점수를 받아 나는 졸업생 대표로 상을 받았다.

그리고 그해 12월, 임용고시를 봤다. 영어과 시험은 지문이 길어서 보통은 다 읽지 못하고 답을 써야 한다. 그런데 그해 가장 어렵다고 평가된 문제의 지문이 내가 논문 쓸 때 읽었던 글이었다! 영어 글쓰기Essay Writing는 논문으로 훈련된 덕인지 거침없이 술술 써졌고, 영어 인터뷰Speaking는 외국인 교수와 땀 흘리며 영어로 대화했던 것이 큰 도움이 되었다. 그래서 나는 노량진 한번 안 가 보고 기대하지 않은 합격의 영광을 안았다.

운명을 피하지 않았더니 행운이 따라왔다. 쉽게 살아도 되는데 어려운 길을 선택한 나 자신이 자랑스러웠다. 그 후로도 나는 쉬운 길을 두고 자꾸만 어려운 선택을 했다. 결정에 책임을 지느라 고군분투하는 내 모습이 가끔은 한심하고 미련스러워 보이기도 했지만 나는 또 해내고 성장하며 꿋꿋하게 살아왔다.

장애아 양육. 그 엄청난 운명을 나는 지금껏 그래

왔듯 피하지 않고 정면으로 마주하고 있다.

　삶이 내게 알려 준 길, 그 길을 따라 오늘도 씩씩하게 걸어 본다. 운명을 피하지 않아 행운을 맞이했듯, 이 길 끝에 무수한 기쁨과 행복이 있음을 나는 믿는다.

내 머리는 내 마음

"얘들아 내 머리 어떠니?"

학생들을 처음 만난 날, 나는 이렇게 물었다.

"그런 머리 처음 봐요!"

"멋있어요!"

"특이해요!"

학생들은 호기심 가득한 얼굴로 내 머리를 보며 대답했다. 그렇다. 나는 주변에서 쉽게 볼 수 없는 독특한 헤어스타일을 하고 있다. 자유로운 영혼의 머리로 불리는 일명 '레게펌'.

이 머리를 처음 했을 때 길을 가던 사람들도 걸음을 멈추고 나를 쳐다봤다. 교무실에서도 난리가 났다.

나는 이 머리가 정말 마음에 든다. 개성을 잘 살릴 수 있어 좋기도 하지만 숱이 없는 내 머리를 풍성하게 만들어 줘서 좋다. 또 샴푸 후 드라이를 하지 않아도 스타일이 잘 유지돼 머리를 관리하는 데 시간을 많이 뺏기지 않아서 좋다. 그런데 생각보다 많은 사람이 내 헤어스타일을 가지고 감 놔라 배 놔라 한다.

"너는 여성스러운 게 어울려. 그 머리 너무 강해 보이는데 이제 좀 풀면 안 돼?"
"교사가 그런 머리를 해도 돼?"

이런 얘기를 들으면 들을수록 나는 가능한 이 스

타일을 오래 유지해야겠다고 생각한다. 남들이 정해 놓은 틀에 나를 맞추고 싶지 않아서다. 교사가 하면 안 되는 헤어스타일이란 건 세상에 없다. 나는 교사이기 이전에 자유로운 한 인간이고, 내가 하고 싶은 스타일로 나를 꾸밀 권리가 있다. 개성이 다양한 학생들을 만나는 교사니까 더 유연해야 한다는 내 철학이 담겨 있기도 하다.

"애들아, 혹시 주변에서 나랑 똑같은 헤어스타일 한 사람 본 적 있어? 이런 머리를 한 사람 뒷모습을 사진으로 찍어 오면 선생님이 선물 줄게!"

"와! 무슨 선물이요?"

"응! ○○백화점 에스컬레이터 평생 이용권! ○○ 아울렛 화장실 무료 이용권! 한번 골라 봐!"

이렇게 농담을 하면 교실이 웃음바다가 된다.

내가 이 머리를 한 뒤 같은 교무실을 쓰는 선생님 두 명이 헤어스타일을 과감하게 바꿨다.

"이수현 선생님을 보고 나도 용기를 얻었어."

"평생 해 보고 싶었던 머리를 이수현 선생님 덕분에 하게 되네."

그 모습을 보던 어떤 선생님은 내가 교무실 물을 흐린다며 농담을 했지만, 헤어스타일을 바꾼 두 선생님의 부끄러운 듯 만족한 미소에 내심 흐뭇했다.

어떤 사람은 머리로 세상에 항변하는 거냐며 농담조로 일침을 가하지만 나는 누구에게 반항하는 것도 아니요, 어떤 의도를 가지고 헤어스타일을 바꾸는 사람은 더더욱 아니다. 머리숱이 적어도 너무 적어서 그럴 수도 없다. 그저 남들처럼 내가 하고 싶은 걸 하는 것뿐이다.

내가 하고 싶은 게 따로 있는데 타인의 기준에 맞춰서 그것을 참을 필요는 없지 않은가. 남들이 뭐라고 하든 상관없다. 내 머리고 내 인생이니까.

나중에 우리 아이들도 레게펌을 해 줄까 보다. 물론 우리 아이들이 원한다면 말이다.

나는 빨간 립스틱 대신
근육을 키운다

"애가 장애인인데 저 여자 입술이 왜 저렇게 시뻘건 거야?"

언젠가 어린이 재활병원에서 아이의 휠체어를 끄는 여자를 보고 누군가 했던 말이다. 그 당시 나는 아이의 장애에만 몰입되어 있던 때라 대수롭지 않게 그 말을 넘겼다. 화장기 없는 맨얼굴에 무엇을 입는지 먹는지도 모를 때였으니까.

장애인의 엄마는 립스틱을 발라서도 안 되고 자신을 돌보아서는 안 되는 걸까?

나는 늘 당당하고 멋진 사람이 되고 싶다. 그래서 선택한 게 바로 '운동'이다. 내가 이런 얘기를 하면 사람들은 늘 '외적인 아름다움'을 떠올린다.

운동이 분명 외적인 매력과 젊음을 유지하는 데 도움을 주기는 하지만 내가 운동을 하는 진짜 이유는 외적인 미美를 가꾸기 위해서가 아니다.

두 아이가 태어나 6개월이 될 때까지, 다른 사람의 손을 빌릴 수 없는 딱 그때를 제외하고, 나는 운동을 쉬어 본 적이 없다. 운동을 해 온 햇수로 따지자면 20년이 훌쩍 넘었다. 합기도, 검도, 수영, 스쿼시, 요가, 필라테스, 헬스, 조깅, 크로스핏 등 종목도 다양하게 경험했다. 이렇게 쉬지 않고 운동을 하는 이유는, 운동을 해야 아이도 더 잘 키울 수 있고 집안일도 더 잘할 수 있기 때문이다. 아니, 내가 하고 싶은 일이 무엇이든 운동을 해야 더 잘할 수 있다는 사실을 잘 알고 있기 때문이다.

운동을 매일 30분이라도 꾸준히 하고 있을 때와 그렇지 않을 때의 생산성은 크게 차이가 난다. 운동을 하면 하루 종일 기분 좋은 에너지가 내 몸에 흐르는 것이 느껴진다. 일할 때 추진력이 생기고 집중력도 높아진다. 사소한 일에 연연하지 않는 털털함도 운동으로부터 나오고, 사람들을 만날 때에 나의 예민한 성격이 조금 더 다듬어지는 느낌도 든다. 이것이 내가 복직 후 1년 동안 하루도 빠짐없이 새벽 5시에 운동을 하고 출근한 이유다.

'장애인의 엄마'라고 하면 어떤 이미지가 떠오르는가?

'자식을 위해 자신을 완전히 희생하는 우울하고 슬픈 이미지.' 그것이 대부분의 사람이 가지고 있는 장애인 어머니의 모습일 것이다. 그러니 사람들이 나를 보면 이렇게 묻는다.

"어떻게 장애인 아이를 둔 엄마가 그렇게 밝아요?"

"자식이 둘이나 장애인인데 어떻게 일을 해요?"

"자식이 장애인인데 운동할 여유가 있어요?"

자식이 장애인이면 엄마는 자신의 삶을 살면 안 되는 걸까? 사람들은 왜 장애인의 엄마로서의 전형적인 이미지를 나에게 은근히 강요하는 걸까?

나는 '장애 아이를 둔 엄마'이기 이전에 평범한 인간이다. 내가 자식들을 위해 내 삶을 완전히 희생한다고 해서 내 아이의 장애가 없어지는 것도 아니고, 자녀가 행복해지는 것은 더더욱 아니다. 오히려 엄마로서의 온전한 희생이 불행을 가져올 수도 있다고 감히 말하고 싶다. 아이들에게 장애인으로서의 정체성을 지켜 주려면 부모인 나부터가 정체성을 회복해야 한다. 우울한 '장애인 엄마'로서의 나에게 깨어나, '한 인간으로서의 나'를 회복할 때 진정으로 행복해질 수가 있다. 행복한 엄마가 행복한 자식을 양육할 수 있다는 것은 설명할 필요도 없다.

나는 가끔 이런 상상을 해 본다.
'내 아이들이 장애인이 아니었다면 나는 어떻게

살고 있을까?'

그 질문에 대한 답은 내 자녀가 어떤 모습이건 간에 똑같아야 한다고 생각한다. 내 아이들이 장애인이든 아니든 나는 똑같이 주체적이고 행복한 삶을 산다고 답할 수 있어야 한다. 처지와 상황이 어떠하든 간에 내가 먼저 행복해야 주변을 돌볼 수 있다. 그것이 건강한 삶의 시작이 아닐까?

그래서 나는 운동을 한다. 내가 누구의 엄마이건 상관없이 좋아하는 운동을 한다.

누군가를 위해 지금의 내 삶을 희생할 때 나는 행복할 수 있을까? 그 '누군가'가 내가 가장 사랑하는 가족이라도 말이다.

나는 '나'부터 행복해지기로 했다. 내가 진짜로 행복해질 때, 내 가족도 행복해질 수 있음을 깨달았기 때문이다.

나는 빨간 립스틱을 바르는 대신 근육을 키웠다. 빨간 립스틱을 바르고 휠체어를 밀던 엄마에게 누군가가 그랬듯, 오늘도 누군가가 내 근육을 보고 그럴지도 모르겠다.

"애가 장애인인데 저렇게 운동을 할 여유가 있어?"

그럼 나는 이렇게 답하고 싶다.

"애가 장애인인 게 뭐가 어때서요. 저는 충분히 행복할 권리가 있습니다."

마음 근육 키우기

"오늘 등 운동하세요."

"어제 선생님이랑 등 운동했잖아요. 등에 근육통이 심해서 오늘은 다른 데 운동할게요."

"근육통이 있으니까 혼자 해 보라는 거예요."

트레이너는 같은 부위를 운동하면 근육을 정확하게 느낄 수 있다고 했다. 그런데 정말 그랬다. 혼자 운동을 하면 바른 자세를 잡기가 힘들었는데 통증이 있는 부위를 느끼며 운동을 하니 근육을 분명히 인지할 수 있었다.

우리 몸에는 약 600개의 근육이 있다는데 우리는 매일 사용하면서도 그 근육의 존재를 인식하지 못하고 살아간다. 운동을 통해 각기 다른 근육의 수축과 이완을 인지하는 일은 마치 우주를 탐험하는 일만큼이나 신비롭고 흥분되는 일이다. 게다가 통증으로 더 정확하게 근육의 존재를 느낄 수 있다니, 이 얼마나 철학적인가.

장애가 있는 아이들을 키우며 하루도 아무 일 없이 지나는 날이 없었다. 그래서 마음의 근육이 흐물흐물할 때는 울고 화내고 우울했다 쓰러지는 일이 허다했다.

통증이 있는 부위의 근육을 운동으로 느끼듯, 그럴수록 나는 쓰라린 내 마음을 더 깊이 들여다보려고 노력했다. 사람들은 속상한 일은 덮어 두고 빨리 잊으라고 했지만 나는 그렇게 하지 않았다. 왜 아픈

지, 이것이 외부로부터의 상처인지 아니면 내 마음의 문제인지 오히려 더 깊이 들여다보았다. 그러다 보니 아픔의 원인이 분명하게 보이기 시작했다.

지금의 내 고통이 내가 어찌할 수 없는 문제 때문이라면 지체 없이 내려놓을 수 있게 되었고, 마음속에 이런저런 불만이 쌓일 때는 감추거나 바꾸려 하지 않고 그대로 받아들이고 인정하게 되었다.

아픈 과거나 상처에 대한 부정적인 감정을 무조건 덮어 둔다고 해서 사라지는 것이 아니다. 오히려 덮어 둘수록 썩어 문드러져 정체를 알 수 없게 된다. 오직 인간만이 자신의 상처를 들여다본다고 했다. 물론 직면하는 일은 쉽지 않다. 화끈거리는 상처를 헤집고 들여다보는 일은 아프고 힘들다. 하지만 내 안의 아픔은 언제나 회피하지 않고 정면으로 마주할 때 깨달음이 있었고, 그를 통해 성장하는 나를 만날 수 있었다.

크고 작은 일상의 고난과 함께 내 마음을 들여다보며 나는 오늘도 마음의 잔근육을 만들고 있다.

근육이 자리 잡은 몸이 매력적으로 느껴지듯, 내 마음에도 단단한 근육을 만들어 몸도 마음도 매력적인, 건강한 사람이 되고 싶다.

봄날의 회상

15년 전 나는, 월수입 1천만 원 이상이던 일을 정리하고 중등 교사가 되었다. 수입과는 상관없이 교직이 좋았다. 배우고 가르치는 일은 나에게 단순히 생계를 위한 직업 이상의 의미가 있었다. 사람을 사랑하고 변화시킬 수 있는 일. 인생의 가장 중요한 시기에 긍정적 영향을 줄 수 있는 사람. 내가 그런 사람이 될 수 있다는 사실에 가슴이 뛰었다.

교사로 임용된 후 나는 5년 동안 수업 연구에 힘을 쏟았다. 내가 가진 지식을 가장 효율적인 방법으로 학생들에게 전달하는 것이 나의 의무이자 아이들에 대한 사랑의 표현이었다.

누군가가 내게 꿈이 무엇이냐고 물으면, "대한민국에서 가장 잘 가르치는 영어 교사가 되는 거요!" 주저 없이 대답하곤 했다.

승진에도 욕심이 나, 교사가 되자마자 겁도 없이 도 단위 수업 연구 대회에 나갔다. 그리고 일정 연수에서 당당히 백 점을 받아 와 교감 선생님의 칭찬을 받았다.

그렇게 열정 넘치는 교사였던 나는, 아이를 낳고 엄마가 되면서 꿈도 승진도 모두 포기해야 했다.

살면서 단 한 번도, 꿈에서조차 생각지 못한 장애아를 낳았기 때문이다. 그것도 하나도 아닌 둘씩이나.

7년 동안 나는 거울 한번 제대로 본 적이 없었다. 오로지 육아와 치료에 밤낮으로 매달렸고, 희망이 보이지 않을 땐 뜬눈으로 밤을 새웠다. 그저 만지기도 아까운 내 아이가 평생 장애인으로 살아야 한다는 사실을 도무지 인정할 수가 없었다. 아이들로 얻은 기쁨은 완전히 사라졌고, 교사로서의 나의 꿈은 산산조각 나 버렸다. 육아휴직 6년, 간병휴직 3년을 쓰고도 내 아이들이 회복되지 않으면 사직을 해야지. 장애인을 둘씩이나 낳은 죄인 주제에 꿈이 가당키나 하나. 아이들을 위해 내 인생을 바치든가 함께 생을 마감하든가. 그것이 내가 생각할 수 있는 전부였다.

그런데 시간이 지나고, 아이들의 장애를 받아들이게 되면서 생각이 바뀌었다. 내 직관과 신념을 믿고 불가능해 보이는 일도 과감히 실행에 옮기는 추진력 강한 성격 덕인지, 나는 아이들 곁에 있는 것만이 사랑이 아님을 깨닫고 복직을 결정했다. 물론 결정을 내리기까지 수많은 불면의 날과 눈물의 시간을 보냈지만 말이다.

학교에 복직 신청을 하고 7년 동안 구경도 해 본 적 없던 화장품과 옷을 샀다. 아이들이 아닌 나만을 위해 쇼핑을 한 후 카페에 앉아 커피를 마셨다. 그렇게 우아하게 차를 마시며 다시 커리어 우먼으로 돌아갈 나를 그려 보고 싶었는데, 주책없이 눈물이 터져 나왔다. 쏟아지는 눈물을 막아 내느라 숨 쉬기가 힘들 정도였다. 흘러내리는 눈물을 손수건으로 간신히 닦아 내며 나는 스스로를 위로했다.

'이제 내 인생을 살아도 되는 거겠지? 자식이 아닌 나를 위한 행복을 죄책감 없이 꿈꿔도 되는 거겠지?'

내 삶을 행복하게 사는 것이 곧 우리 아이들을 위한 일이라고 당당하게 외치며, 나는 7년간의 공백을 깨고 다시 일을 시작했다.

3장

가족

사과 깎아 주는 남자

　언제부터인가 남편은 매일 아침 아이들에게 사과를 깎아 주고 있다. 아기 때부터 변비가 있던 아이들에게 매일 아침 사과를 먹인 게 습관이 돼, 그때부터 온 가족이 사과를 먹으며 하루를 시작하고 있다.

　남편은 내가 어쩌다 주말에 늦잠이라도 잘라치면 "사과 먹어!" 하면서 나를 깨웠는데, 이제는 식탁 한쪽에 내가 먹을 사과를 남겨 두고 조금 더 자게 내

버려 둔다.

　이른 새벽에 출근하는 날에도 아이들과 내가 먹을 사과는 꼭 깎아 식탁에 올려 놓고 나간다. 씻고 나가기에도 바쁠 텐데 말이다.

　그렇게 남편이 깎아 놓고 나간 사과를 보면 가끔 눈물이 난다. 아이들 때문에 고생하는 내게 미안해 발길이 떨어지지 않는다는 남편. 그래서 사과를 깎아서 올려 두고 몇 번이나 뒤돌아보며 집을 나섰을 남편의 모습이 빤히 그려져 마음이 짠해진다. 나 같으면 매일 전쟁터 같은 집구석에 하루라도 안 들어올 수 있게 되면 얼씨구나 좋다꾸나! 출장을 핑계 삼아 하룻밤 자고 올 텐데 아무리 자고 오라고 등 떠밀어도 그렇게 못 한다. 자기 없이 전쟁을 치르고 있을 내가 안쓰러워 그렇다는 걸 잘 알고 있다.

　그런 남편에 비하면 나는 참 철이 없다. 피곤하면 늦잠을 자고, 직장에서 일이 있으면 야근도 한다. 그러면서 아이들의 아토피 때문에 일 년 내내 집밥을 짓는 걸 스스로 대견해하며 꼭 생색을 낸다.

"세상에! 자기는 전생에 나라를 구했나 봐. 내가 일 년 내내 요리해 줘~ 돈도 벌어 와~ 애들도 키워~ 거기다 예쁘기까지 하잖아?"

이런 말을 밥 먹듯이 한다. 요리하는 것도 돈을 버는 것도 애들 키우는 것도 다 내가 좋아서 하는 일인데 말이다.

우리 부부의 관계를 가장 잘 설명할 수 있는 단어를 고르라면 '전우'일 것이다. 두 아이와 치열한 하루하루를 살아가는 우리 집은 흡사 전쟁터와 같다. 한 아이가 조용하면 다른 한 아이가 탠트럼Tantrum* 을 일으키고, 한 아이가 조금 좋아지는 것 같으면 다른 한 아이가 퇴행을 한다. 두 아이가 싸우는 일은 없지만, 두 아이 다 누군가의 손길이 없으면 단 몇 분도 혼자 있기는 힘들어서 우리는 매일 정신이 없다. 이 전쟁터에 누구 하나를 남겨 두고 떠난다는 것은 정말이지 상상도 할 수 없는 일이긴 하다.

---

* 발끈하여 성질을 부림._「옥스퍼드 영한사전Online」

그렇다고 우리 부부 사이가 항상 좋은 것만은 아니다. 의견이 일치하지 않을 때도 있고, 여느 부부처럼 사소한 일로 티격태격할 때도 많다. 하지만 우리의 싸움은 10분을 넘기기 못한다. 서운한 마음을 담아 두거나 토라지는 것을 참지 못하는 내 성격 탓도 있지만 아이들이 우리를 잠시도 가만히 내버려 두지 않기 때문이다. 우리는 연합하지 않으면 아이들을 키워 낼 수가 없다.

세상에서 내 마음을 가장 잘 이해하는 사람이 누굴까? 아마 남편일 것이다. 남편과 나는 이 세상에서 유일하게 '같은 아픔'을 공유하는 사이다. 어느 날 갑자기 우울해져도 서로의 마음을 헤아릴 수 있고, 갑자기 집을 뛰쳐 나가도 공감하고 용서할 수밖에 없다. 서로 마음에 들지 않는 점이 있어도 이해하며 홧김에 막말이 튀어나와도 뒤끝이 없다.

내가 아프고 견디기 힘들었던 만큼, 남편도 힘들었을 텐데 도망가지 않고 곁에 있어 주어 고맙다. 날마다 든든하게 가장의 자리를 지켜 주어 고맙고, 다소 어설플지언정 아이들에게 자신이 할 수 있는 최선을 다해 주어 참 감사하다. 아프지 않고 건강한 것도 감사하고, 내가 아프지 않게 살뜰하게 살펴 주는 그 마음도 얼마나 고마운지 모른다.

바쁜 아침에 가족들을 위해 사과를 깎아 주는 마음. 그 5분의 수고가 나를 눈물 나게 한다.

엄마 미안해

점심을 먹고 있는데 엄마한테 전화가 왔다.

"너는, 엄마가 전화 안 하면 너도 안 하냐? 엄마가 잘 사는지 궁금하지도 않아? 엄마 독감 주사 맞고 죽다 살아났는데."

그러고 보니 엄마랑 통화한 게 언제인지 가물가물하다. 전화하는 걸 잊은 건 아니고, 실은 요즘 엄마 목소리를 들으면 눈물이 날 것 같아 전화를 못했다.

"아. 엄마 미안. 내가 요즘 좀 바빠서."

"언제 안 바쁠 때가 있었나?"

"미안. 요즘 애들 때문에 그냥 좀 우울해서."

"왜? 무슨 일 있나?"

"아니. 일 없다."

"퇴근하는 길에 반찬 가져가라."

"안 해 줘도 되는데."

"시금치랑 콩나물만 가지고 가."

퇴근길에 친정에 들러 보니 식탁 위에 반찬이 한가득 놓여 있었다.

"앗싸! 오늘 일찍 잘 수 있겠다. 고마워 엄마. 잘 먹을게."

반찬을 바리바리 싸 들고 대문을 나와 엘리베이터를 막 타려는데 엄마가 말했다.

"장하다. 내 딸."

엘리베이터 투명 창으로 보이는 엄마 눈에 눈물이 그렁그렁했다. 울고 싶지 않은데…… 나 울보 아닌데…….

집으로 돌아오는 길, 나는 핸들을 부여잡고 어린 아이처럼 엉엉 울었다.

우리 엄마가 날 얼마나 곱게 키웠는지, 우리 집에서 내가 얼마나 귀한 존재로 사랑받고 자랐는지는 누구보다 내가 제일 잘 안다. 그래서 마음이 아프다. 장애가 있는 우리 아이들의 존재 자체만으로 불효하는 것 같아 엄마에게 늘 미안한 마음이 앞선다.

미안해 엄마.
비록 우리 아이들의 장애는 바꿀 수 없지만 그래도 난 아이들이랑 행복할 자신이 있어. 늘 그랬듯 앞으로도 엄마의 성실하고 착한 딸이 될게. 사랑해.

다 이유가 있더라

진료실 앞 대기실 의자에 사람들이 빼곡했다. 내 옆에는 내 또래로 보이는 남자가 다리를 떨며 앉아 있었다.

'혈관 조영실' 팻말이 붙은 문이 열리고, 간호사가 한 노인을 휠체어에 태워 나왔다. 그리고 내 옆의 남자에게 환자를 인계하며 말했다.

"오늘은 샤워나 목욕을 하시면 안 되고……"

"아, 저랑 같이 안 사니까 저한테 얘기하시지 말고 저희 아버지한테 직접 말씀해 주세요."

남자가 간호사의 말을 끊었다. 그러자 간호사가 무안해하며 환자를 향해 주의 사항을 읊었다.

휠체어에 앉은 노인은 힘들어 보였다. 주사를 맞은 건지 다리가 미세하게 떨리고 있었다.

"아버지. 저 가야 해요. 운전하실 수 있죠?"

'아들이었어? 아들이 어쩌면 저럴 수 있지? 간호사가 30분 이상 있다가 가라고 했는데, 벌써 간다고?'

말끔한 정장을 입고 서 있는 아들은 정말 바빠 보였다. 아마도 직장에서 잠깐 나왔나 보다. 진료실 앞에서 기다릴 때도 안절부절못하더니, 아버지가 나오자마자 간다는 말을 하기 바쁘다. 나는 노인의 얼굴을 차마 보지 못했다. 아마도 고독과 허무, 슬픔이 가득한 얼굴이겠지.

문득 몇 년 전의 나의 모습이 떠올랐다.

자식의 장애로 절망의 늪을 헤매는 나를 도와주지 않았던 엄마에게 내가 얼마나 모진 말들을 퍼부었는지……. 부모에게 받은 사랑은 깡그리 잊은 채 오로지 나와 내 자식만을 생각했던 나. 그때의 나였으면 아마 엄마를 모시고 병원에 오는 일은 상상조차 하지 못했을 것이다.

순간 아버지를 두고 정신없이 자리를 떠난 남자가 안쓰러워졌다. 휠체어를 탄 아버지도 돌보지 못할 정도의 사정이 있겠지. 그럴 수밖에 없는 본인은 또 얼마나 힘들까?

발이 닿지 않는 인생의 깊은 강물을 건넌 후, 이제는 적어도 타인의 겉모습과 행동만 가지고 판단하는 일은 하지 않는다.

그래, 그 노인도 아들도 깊은 강물을 건너고 있겠지. 나와 엄마가 그랬던 것처럼.

집밥에 깃든 사랑

    어릴 적 동네 친구들과 놀고 있으면 어디선가 맛있는 냄새가 흘러왔다. 엄마는 늘 요리를 해 놓고 베란다 창문을 열어 나를 불렀다.

    "수현아! 부침개 했어! 빨리 와!"
    "수현아! 카스테라 구웠어! 어서 들어와!"

    엄마에게 안기면 늘 음식 냄새가 났다. 온갖 음식

들이 뒤섞인 냄새였지만 엄마의 살냄새와 섞여 묘한 안정감을 느끼게 해 주었다. 김칫국물이나 밀가루가 묻어 있는 엄마의 앞치마는 그 자리에 늘 변함없이 머물러 주는 고목나무 같았다. 아파서 밤새 끙끙 앓을 때면 엄마가 끓여 주는 흰죽 한 그릇이 내 몸과 마음을 따뜻하게 어루만져 주었다. 엄마의 음식을 먹으면 그렇게 힘이 날 수가 없었다.

엄마는 아빠와 부부 싸움을 할 때나, 내가 말썽을 피워 속을 상하게 할 때도 정성스레 밥상을 차려 주었다. 성인이 되어 엄마 품을 떠나고도 나는 엄마가 해 준 음식이 많이 그리웠다. 엄마의 음식은 내 몸의 건강을 지켜 주는 '힘'이 되기도 했지만, 밥 한 그릇에 가득 담긴 '따뜻한 사랑'이 내 정서적 안정에도 큰 역할을 해 주었다. 집밥은 내게 단순한 한 끼 식사가 아니라 안정된 부모와의 영혼의 교감이요, '가정'이고 '사랑'이었다.

워킹 맘으로 살며 아이들에게 매일 집밥을 먹이는 것이 쉬운 일은 아니다. 퇴근 후 피곤한 몸으로 집에 돌아오면 배달 음식으로 한 끼 대충 때우고 싶은 생각도 들지만 집밥이 내가 아이들에게 해 줄 수 있는 가장 귀한 선물이라 여기며 몇 년째 집밥을 고수하고 있다.

이유는 간단하다. 건강이 가장 소중하기 때문이다. 먹는 것이 건강과 직결된다고 믿기 때문이다. 장애가 있는 아이들이 신체 건강마저 잃는다면 삶이 더 힘들어질 테니까. 건강한 신체에 건강한 마음이 깃드는 법이니까.

얼마 전 발달장애인을 키우는 한 선배 엄마가 말했다.

"연우 엄마는 참 현명해. 어릴 때부터 그렇게 좋은 음식들로 길들여 놓으니 아이들이 건강식도 잘 먹잖아. 우리 아이들은 자극적인 음식이나 가공식품 아니면 먹지 않아서 벌써 비만인데, 이제 와서 식단을 바꾸기가 힘드네. 비만 때문에 먹어야 할 약이 더 늘어났어."

요즘 아이들은 정말 그렇다. 내가 가르치는 학생들도 자극적인 음식에 길들여져 급식으로 햄이나 소시지 같은 반찬이 나오지 않으면 맛없다고 불평한다. 나물이나 생야채는 아예 손도 대지 않는다. 그래서인지 여기저기 아프고 약한 아이들이 많고, 원인도 모르는 희귀병에 걸린 제자도 여럿 있다. 꼭 음식 때문이라고 단정 짓기는 어렵지만 나는 식습관과 관련이 깊다고 생각한다.

　화학첨가물이 가득한 '마트표 과자'를 먹이고 싶지 않아서 나는 과자도 직접 굽는다. 돈 주고 사 먹는 쿠키가 맛이야 더 있겠지만 설탕과 첨가물 범벅인 음식이 아이들에게 좋을 리 없다. 어릴 때부터 엄마표 음식만을 먹어서인지 다행히 우리 아이들은 특별한 비법이 없는 내 쿠키를 아주 좋아한다. 쿠키를 반죽해 오븐에 넣으면 아이들은 하염없이 부엌을 서성이며 행복한 기다림을 배운다. 온 가족이 식탁에 둘러앉아 갓 구운 따끈한 쿠키를 호호 불어 가며 나눠 먹으면 아이들의 얼굴에는 금세 미소가 번진다.

오늘도 식탁에 앉아 기대 가득한 얼굴로 요리를 기다리는 아이들을 보며 행복에 젖는다. 내가 만든 음식에 흘러든 사랑으로, 아이들은 건강한 입맛과 정서를 가지게 되리라 믿는다. 가족들에게 매일 변함없이 따뜻한 밥을 차려 준 엄마처럼, 나도 내 아이들에게 엄마표 밥과 간식을 만들어 주며 손이 닿지 않는 마음까지 꼭 안아 주고 싶다.

아빠의 생신상

아빠의 생신이 돌아오고 있었다. 보통은 온 가족이 모여 외식을 하지만, 이번만큼은 내 손으로 생일상을 차려 보기로 했다. 아이들에게는 매번 내가 직접 한 음식을 해 먹이면서 부모님에게는 그러지 못한 게 마음에 걸려, 겸사겸사 아빠의 생일상을 차려 드리기로 결심한 것이다.

해물과 채소를 좋아하는 아빠의 취향을 고려해 식단을 짰다. 전날에는 최고급 유기농 재료들로 냉장고를 가득 채워 두었다. 들뜬 마음에 잠도 설쳤다.

새벽 5시에 일어나 가족들이 오기로 한 오후 5시까지 꼬박 12시간 동안 음식을 했다. 종일 음식 장만을 하며 아빠 생각을 하니 문득 어린 시절의 기억이 떠올랐다.

어릴 적 내가 살던 아파트에는 아빠의 직장 동료들이 많이 살고 있었다. 그분들을 엘리베이터에서 종종 마주치곤 했는데, 그때마다 내게 이런 말을 했다.

"너 피아노도 잘 치고 공부도 잘한다면서? 아빠가 딸 자랑을 얼마나 하는지 몰라."

무뚝뚝한 아빠는 나에게 칭찬을 해 주는 일은 없었지만 무한한 신뢰를 주었다. 쓰임이 의심될 만한 용돈을 요구할 때도 늘 말없이 내어 주었고, 사춘기 시절 이유 없는 반항에도 묵묵히 나를 믿어 주었다. 나는 아빠의 자랑이었고, 아빠가 열심히 일할 수 있는 동력, 아빠의 유일한 희망이자 삶의 이유였다.

나는 아빠의 외모뿐 아니라 부지런한 성격까지 똑 닮았다. 아빠가 물려 준 부지런함으로 나는 늘 열심히 살았고, 좋은 학교, 좋은 직장에 들어가 아빠를 흐뭇하게 하는 딸이 되었다. 그리고 좋은 사람을 만나 모든 사람의 축복 속에 결혼도 했다. 이제껏 성실하고 반듯하게만 살아온 아빠의 딸이, 누구보다 행복하게 살아가리라는 기대에 반기를 들 사람은 아무도 없었다.

내가 결혼을 하고 아이를 낳자, 아빠는 첫 손녀를 나만큼이나 예뻐했다. 애정 표현에는 인색했던 아빠가 손녀를 사랑하는 마음은 감추지 못했다. 손녀를 보는 아빠의 눈빛은 '눈에 넣어도 아프지 않다'는 말이 무슨 말인지를 제대로 설명해 주고 있었다. 하늘의 별도 따다 줄 것 같은 기운이 아빠의 온몸에서 뿜어져 나왔다.

그런 아빠에게, 당신이 사랑하는 손녀가 자폐아라는 말을 해야 하는데 입이 떨어지지 않았다. 나도 믿기 힘든 이 사실을 누군가에게, 그것도 이 세상에서 나를 가장 사랑하는 부모에게 전해야 한다니. 이토록 잔인한 메신저가 되어야 한다니.

차일피일 미루다 더 이상 참지 못하고 말하게 된 날, 아빠는 의외로 냉정하고 담담했다.

"빨리 받아들여라."

현실을 거부하던 나에게, '최선은 그저 삶을 빨리 받아들이는 것'이라고 말하고 싶었던 걸까.

나는 내가 할 수 있는 최고의 요리로 아빠의 생일상을 차렸다. 요리를 좋아해 늘 콧노래를 부르며 요리하던 내가 처음으로 미역국을 끓이다 울었다. 어린 나를 보고 흐뭇해하던 아빠의 미소가 떠올라서, 엘리베이터 안에서 나를 칭찬해 주던 아저씨들의 말이 떠올라서. 잡채를 만들다 울고, 김을 굽다가 울고……. 그렇게 펑펑 울며 상을 차렸다.

내 의지와는 다르게 아빠의 마음을 쓰리게 한 아

품이 가슴에 사무쳤다. 하지만 보여 드리고 싶었다. 그럼에도 불구하고 이렇게 멋진 생일상도 차려 낼 수 있을 만큼 내 마음이 슬프지 않다는 것을. 삶에서 예기치 못한 불운을 만났지만 절대 불행하지 않다는 것을. 나는 어떠한 경우에도 삶을 놓지 않고 성실하게 살아가는 아빠를 꼭 닮은 딸이라는 것을, 보여 드리고 싶었다.

걱정하지 말아요. 아빠. 저는 이렇게 용감하고 행복하게 살고 있어요. 저를 아빠 닮은 딸로 낳아 주고 키워 주셔서 감사합니다.

사랑해요. 아빠.

애 키우는 건
다 어렵다 아이가

우리 어머님이 홀로 지내신 지 30년이 다 되어 간다. 시아버지의 오랜 투병 생활로 온 가족이 다 거리로 나앉아야 했을 때 어머니는 온갖 허드렛일을 하며 어린 자식들을 키워 내셨다. 그리고 지금은 다른 자식들을 출가시키고 자식들이 주는 용돈과 연금, 그리고 알바를 하며 번 푼돈으로 근근이 생활하신다.

가난한 집으로 시집을 간 건 나의 선택이었다. 부모님이 반대했지만, 나는 어려운 형편 속에서도 자신의 길을 꿋꿋하게 개척하고 반듯하게 자란 남편이 좋았다.

신혼 때는 어머니에게 다소 많은 금액을 생활비로 보내 드렸다. 그런데 아이가 장애 진단을 받은 뒤 어머니가 우리에게는 용돈을 한 푼도 안 받겠다고 선언하시고는, 정말로 돈을 보내 드리면 도로 다 돌려보내셨다.

첫째가 장애 진단을 받아 강릉에서 서울로 치료를 받으러 다녀야 했을 때, 둘째를 봐 달라 부탁했더니 어머니는 한 치의 망설임도 없이 포항에서 강릉으로 올라오셨다. 그때 나는 어머니에게 평생토록 갚지 못할 빚을 졌다고 생각한다.

결혼을 잘못시켜서 딸의 인생을 망쳤다고 우는 친정 엄마와 다르게 시어머니는 담담한 모습을 보이셨다.

"괜찮다. 애 키우는 건 다 어렵다 아이가."

어머니는 늘 당신의 속상함을 표현하기보다 오히려 나를 더 위로하려 애쓰셨다. 하지만 영상통화를 할 때마다 촉촉이 젖은 어머니의 눈가를 보면 알 수 있다. 날마다 속으로 애타게 울며 기도하고 계심을.

주머니에 여윳돈이라곤 한푼도 없을 노인이 어린이날이라고 또 돈을 보냈다. 통장에 찍힌 어머니의 이름 석 자를 보는 순간, 눈물이 왈칵 쏟아지고 말았다.

우리 애들은 어린이날이 뭔지도 모르는데……. 죄송한 마음에 전화를 드렸다.

"어머니, 무슨 돈을 또 보내셨어요? 저희가 보내드려야지 어머님이 왜 자꾸 보내세요~. 어머님이 무슨 돈이 있다고……"

"나는 돈 있으면 느그 다 갖다 주고 잡다. 길에서 동전 하나를 주워도 모아 났다가 느그 주고 자퍼. 애

둘 치료 하면서 얼마나 힘드노. 돈 버는 보람도 없이 치료비로 다 나갈 거 아이가. 느그 둘이 아등바등 고생하는 것만 생각하면 내 마음이 애린다."

어머니가 보낸 돈은 쓰지 않고 꼭 모아 둔다. 아픈 무릎으로 4층까지 오르내리며 물도 제대로 나오지 않는 오래된 아파트에서 생활하시는 어머니. 우리 아이들이 비장애인이 되는 것은 불가능하지만, 어머니가 편하게 사실 수 있게 작은 집이라도 마련해 드리는 것은 가능하지 않을까. 그것으로 어머니의 마음이 편해지시지는 않겠지만 평생을 힘들게 사신 어머니의 몸은 조금이라도 편하게 해 드리고 싶다.

4장

아이들

정면으로 마주하기

"놀이터 가고 싶어요."

집에서 장난감을 갖고 잘 놀지 못하는 연우는 매일 놀이터에 가고 싶어 했다. 놀이터에 가도 다른 친구들처럼 다양한 놀이를 즐기지는 못하지만, 멀리서도 놀이터가 보이면 소리를 지르며 뛰어갈 만큼 놀이터를 좋아했다. 오늘도 그 성화에 못 이겨 놀이터로 향했다.

연우가 가장 좋아하는 건 그네다. 놀이터에 도착하자마자 연우는 그네로 정신없이 달려갔다.

"그네 밀어 주세요!"

아직 혼자 그네를 타지 못하는 연우의 그네를 나는 힘껏 밀어 주었다. 옆에는 대여섯 살쯤 되어 보이는 아이가 혼자 그네를 타고 있었다. 아이가 연우를 부러운 눈으로 쳐다보았다.

"엄마! 그네 좀 밀어줘!"

아이가 엄마에게 소리를 쳤다. 핸드폰을 보고 있는 엄마는 꿈쩍도 하지 않았다. 나는 그 아이에게 대꾸 한번을 안 하는 엄마가 순간 미치도록 부러웠다.

우리 연우가 지금 '엄마'라고 부른다면 나는 여기서 기쁨의 환호성을 지르며 춤이라도 출 텐데. 저 엄마는 대체 어떤 복을 타고났기에 내가 이토록 간절히 원하는 것을 가졌음에도 눈 하나 까딱 않는 삶을 사는 걸까. '엄마'라는 소리에 미동도 하지 않는 그녀의 모습에서 나는 내 삶의 처량함을 마주했다. 부러움은 이내 슬픔으로 바뀌고, 눈앞이 흐릿해졌다.

"연우야! 그네 재밌지? 엄마가 더 세게 밀어줄까?"

슬픔에 빠져들지 않기 위해 애써 밝은 목소리를 내어 본다. 그네를 세게 밀어주니 연우가 까르르 숨이 넘어가게 웃는다.
그래, 연우는 행복하다. 그거면 됐다.

바쁜 하루 중 이렇게 문득문득 슬픔을 마주하면, 그 감정에 오래 머물지 않기 위해 다시 밝게 웃으며 아이를 바라본다. 하지만 또 어떤 날은 그냥 목이 메어 눈물이 흐르기도 한다.

잠든 아이의 얼굴을 보며 울컥 쏟아지려는 눈물을 삼켰다. 아이에게 미안했다. 아이 때문에 슬퍼진 내 마음이 미안해 눈물이 났다.

내가 이렇게 슬퍼하는 것은, 나도 시간이 필요하기 때문이다. 연우를 내 아이로 받아들이는 시간이 아니라, 발달장애 아이를 키우는 내 삶을 받아들일 시간 말이다.

다른 이의 삶에서 나의 아픔을 발견하는 것이 아니라, 온전히 내 삶을 정면으로 볼 수 있어야 더 이상 슬프지 않을 것이다.

발달장애 아이와 함께 살아간다는 건,
내 삶을 정면으로 마주하는 것.
내 삶을 인정하는 데 익숙해지는 것.

나도 수업 듣고 싶어요

연우가 일곱 살 때의 일이다. 요리에 관심을 보이기에 집에서 이것저것 시켜 보던 차, 우연히 어린이 요리 교실을 발견하고 수업을 신청했다. 일대일 치료만 받던 아이라 비장애 아이와 함께 듣는 수업을 잘 할 수 있을까 걱정이 되었지만, 도전해 보기로 했다. 아이의 상태를 설명하고, 일부러 인원이 적은 수업을 골라 신청했다.

연우의 수업을 교실 밖 창문 너머로 지켜볼 수 있었다. 쿠키를 만드는 제과 수업이었는데 연우의 눈에 즐거움과 호기심이 가득했다. 내가 기대했던 것보다 선생님 지시도 잘 따르고, 수업 내내 집중하는 모습이 너무 대견했다. 물론 소근육의 발달이 더디고 눈과 손의 협응이 잘 되지 않아 선생님의 손길이 더 필요하기는 했다. 하지만 그래도 잘해 보려 노력하는 모습이 기특하기만 했다.

자신이 만든 쿠키를 상자에 담아 가지고 나오는 연우의 얼굴이 기쁨과 뿌듯함으로 상기되어 있었다.

"연우야, 재밌었어?"

"네."

"여기 또 오고 싶어?"

"또 오고 싶어."

치료가 아닌 수업을 이토록 좋아하다니. 수업료가 백만 원이라도 당장 등록하고 싶었다.

"저 오늘 수업에 등록하고 갈게요."

"어머니, 죄송하지만 오늘 등록하지 마시고 집에 가셔서 한번 생각해 보세요."

결제하려고 내민 카드를 받지 않으려 하는 손짓에 나는 적잖이 당황했다.

"네? 등록하고 다음 주도 오고 싶은데요. 연우 잘하지 않았나요?"

"어머니. 사실 저희가 수강생이 많아서요. 연우처럼 손이 많이 가는 아이는 힘들어요. 선생님이 두 분 계시긴 하지만 연우가 들어가면 한 분은 전적으로 연우만 맡아야 할 것 같은데요."

"아니, 아까 보니까 잘 따라 하던데요……"

"아니요. 말을 잘 못 알아듣더라고요. 요리 수업은 좀 위험할 수도 있고요."

끝내 등록하지 못하고 돌아서서 연우를 데리고 나오는데 눈물이 났다. 최선을 다하고 기뻐했던 아이가 너무 가여웠고, 손이 조금 더 간다는 이유로 등록조차 하지 못하게 하는 학원이 야속했다. 운전하는 내내 흐르는 눈물을 멈출 수가 없었다.

주차장에 도착해 뒷좌석에서 내린 연우가 갑자기 조수석 문을 가리켰다.

"문 열어 주세요!"

"갑자기 조수석 문은 왜?"

조수석에 한 번도 타 본 적이 없는데 웬일인가 의아해하며 문을 열어 주었다. 그러자 연우는 잽싸게 쿠키 박스를 꺼내 가슴에 꼭 안았다. 자기 물건에 대한 개념이 아직 생기지 않아 책가방 하나도 제대로 챙기지 못하는 아이가 얼마나 좋았으면……

쿠키 박스를 품에 안고 어색하게 웃는 연우의 모습이 머릿속을 떠나지 않아 며칠을 고민했다.

'그래. 나는 엄마니까. 자식 일에 자존심이 어디 있어.'

무릎을 꿇는 심정으로 요리 교실에 전화를 했다. 다시 한번 간곡히 부탁했다. 수업을 들을 수 있게 해 달라고. 필요하면 내가 직접 수업을 지원하겠다고. 하지만 돌아오는 답은, 또다시 거절이었다.

"아이가 손이 많이 갈 수 있으니 그럼 수업료를 두 배로 낼게요. 수업을 몇 번만 들어 보면 금방 잘 따라 할 거예요. 한 번만 기회를 주세요."

"어머니 자꾸 이러시면 너무 곤란합니다. 저희도 아이들은 많고 선생님은 두 명뿐이라 힘들어요."

수업료를 두 배로 내겠다는 제안도 통하지 않았다. 한동안 분노와 슬픔이 사그라지지 않았다.

그 후로 여러 해 동안 체육관, 줄넘기 클럽, 태권도학원, 미술학원 등 비장애 아이들이 다니는 온갖 학원의 문을 두드려 보았다. 때로는 매몰찬 거절을 당하기도 하고, 때로는 비장애 아이들 사이에서 어쩔 수 없이 소외되는 아이의 모습에 수업을 포기하기도 했다.

지금도 내 아이들은 일대일 수업만 받고 있다. 그

러나 앞으로도 일반 학원의 문을 계속해 두드려 볼 생각이다. 아이들이 학원에서 뭔가 대단한 것을 배워 올 거라 기대하지 않는다. 비록 의사소통이 원활하게 되지 않을지라도 사람들과 어울려 사는 법, 필요할 때 도움을 주고받는 법은 다른 사람과 함께 있어야만 배울 수 있다. 그래야 장애가 있는 내 아이들뿐 아니라 비장애 아이들도 '함께하는 삶의 가치'를 자연스럽게 배울 수 있는 좋은 기회가 될 것이라 생각한다. 그것이 내가 아이들을 일반 학교에 보내는 이유이기도 하다.

물론 학원은 경제적 이익과 수강생 관리 등의 복잡한 문제가 얽혀 우리 아이들에게 너그러운 마음을 베풀기 쉽지 않다는 것도 이해한다. 장애가 있는 아이들에게 폭넓은 기회가 보장되기 위해서는 국가나 지자체의 적극적인 개입과 지원이 필요할 것이다.

개인의 다양성이 자연스럽게 수용되는 분위기, 서로의 다름을 인정하고 수용하는 사회 분위기를 만들어 가기 위한 가치 있는 투자가 이루어진다면 장애가 있는 아이들도 거부당하지 않는 사회를 만들 수 있지 않을까.

장애인을 낳았다는 이유로 무릎 꿇지 않는 사회를 오늘도 꿈꿔 본다.

눈빛이 주는 아픔

　친구와 함께 저녁을 먹고 싶었다. 나는 아이들을 데리고 갈 만한 음식점을 찾다가 작은 놀이터가 있는 식당을 선택했다. 조금이라도 아이들이 노는 틈에 식사를 하고 싶었다.

　아이들을 먹이고 놀이터로 보냈다. 마음이 불편하긴 했지만 남에게 공격행동을 하는 아이들은 아니니 용기 내어 놀이터로 보냈다. 이렇게라도 세상으로 자꾸 보내야 한다는 것을 나는 잘 알기 때문이다.

이제 나와 내 친구가 식사를 할 차례. 자폐아를 키우는 부모가 다 그렇듯, 나 역시 아이들이 옆에 없어도 편하게 밥을 먹지 못한다. 친구와 대화를 하면서도 내 마음은 온통 놀이터에 가 있었다. 놀이터 창문을 통해 아이들이 보이면 안도했다가 안 보이면 불안했다가, 그렇게 밥이 무슨 맛인지도 모르고 먹고 있었다. 괜히 친구까지 불편할까 봐 "너무 맛있다. 이 식당 괜찮네. 아이들이 없으니 정말 편하다." 이렇게 능청을 떨었다.

나는 직감이 발달한 사람이다. 어쩌면 자폐아들을 키우다 보니 이렇게 되었는지도 모르겠다. 밥을 먹다 왠지 불길한 예감이 들어 벌떡 일어나 놀이터로 향했다.

놀이터에 가 보니 한 성인 남자가 놀이터 바닥에 앉아 우리 아이들을 보고 있었다. 눈빛이 내 아이들을 향해 있었다. 큰아이는 쉴 새 없이 혼잣말을 하는 중이다. 작은아이는 여기저기 침을 뱉고 닦으며 놀고 있었다. 때마침 옆에 있던 여자아이가 소리쳤다.

"여기 미끄럼틀에 침 있어서 못 타겠어! 아 진짜 더러워!"

나는 재빨리 달려가 침을 닦고 미안하다고 사과했다. 아이들을 불러서 단속하며 나는 다시 한번 그 남자의 눈빛을 보았다. 아이들의 엄마가 왔는데도 그 눈빛은 그대로였다.

그 눈빛은 내가 놀이터, 마트, 지하철, 횡단보도, 심지어 교회에서도 수없이 만났다. 눈의 생김새는 다 다른데 눈빛은 어쩜 그렇게 다 똑같은지 신기하다. 두려움? 무서움? 경멸? 경계? 아무튼 확실한 건 내 아이가 조금이라도 그 남자에게 가까이 가면 소리를 지르며 떠밀었을 그런 눈빛이다. 자신의 아이가 내 아이 옆에 접근하자 황급히 불러 데리고 나갔으니 말이다.

장애인의 부모가 되고 내가 가장 견디기 힘들었던 것은 바로 그 눈빛이다. 아무리 힘을 내어 살아 보려고 해도 집 밖으로 나가면 어김없이 나를 주저앉히는 그 눈빛. 다시 마음을 다잡고 일어나도 너는 계란으로 바위 치고 있는 거라고 조롱하는 것 같은 눈빛. 내 아이가 나 없는 세상에서 도저히 살아갈 수 없을 것이라고 확신하게 만드는 눈빛. 그 눈빛 때문에 나는 자다가도 몸서리쳤고 밥을 먹다가도 울었다. 길을 걷다가도 긴장해야 했으며 아이의 손을 한순간도 놓지 못했다. 우리를 향해 애써 웃어 주는 친절한 사람들도 대부분 자신의 자식만은 우리 아이들과 어울리지 않기를 바란다.

세상은 쉽게 변하지 않는다. 흑인 인권 운동도 수십 년에 걸쳐서 이루어졌으며 인종차별은 아직도 존재한다. 그러나 우리는 다 알고 있다. 피부색이 다르건 장애가 있건 없건, 인간은 모두 다 존중받아야 할 소중한 존재라는 것을. 인간은 누구나 이기적인 존재라지만 또 누구나 그 안에 따뜻한 마음을 품고 있다는 것을.

장애인을 보는 시선도 점차 따뜻해지리라 믿는다. 우리 아이들을 보고 자리를 피했던 그 남자도 집으로 돌아가는 길에는 발걸음이 무겁지 않았을까. 몰라서 당황했고 몰라서 피했는데, 결국에는 우리에게 미안하지 않았을까.

　나는 누구에게나 있는 인간의 따뜻한 본성을 믿어 본다. 그것이 내가 더 열심히 살아야 하는 이유이기도 하다.

우산을 쓴 아이

"연우야, 밖에 비 오니까 우산 챙겨."

연우는 비 오는 날 밖에 나간다고 신이 났다.

"연우야, 우산 펴야지."

자동 우산의 버튼을 누르고, 손잡이를 잡고 우산을 세워 쓰는 모습이 제법 능숙했다. 우산을 쓰고 가방을 멘 뒷모습을 보니 괜스레 가슴이 뭉클했다.

　연우는 일곱 살 때까지도 우산을 잡고 걷지 못했다. 억수 같은 비가 머리 위로 쏟아져도 비를 피하는 법을 몰랐다. 우산을 쥔 연우의 손에 내 손을 포개어 나란히 걸었다. 그렇게 걷고 또 걸었다.
　아이의 키에 맞추어 구부정한 채로 우산을 함께 드느라 허리가 끊어질 듯 아팠지만 그래도 해야 했다. 아이에게 언제까지 마냥 우산을 씌워 줄 수는 없는 일이기 때문이다.

　나는 비장했고, 우산 쓰기에 목숨을 걸었다. 처음에는 웃으며 아이의 손을 잡았다 뗐다 하며 걸었다.

　"연우야. 손에 힘줘. 똑바로 걸어야지."
　"고개 들어. 앞을 봐."
　"머리에 비 다 맞고 있잖아. 우산을 똑바로 들어야 비를 안 맞지."

　부드러웠던 내 목소리는 점점 격양되고 연우는 울

상이 됐다. 웃으며 시작했던 나는 결국 화를 냈고, 연우는 울어 버렸다.

우산 쓸 힘도 없어 흠뻑 비를 맞으며 돌아온 날. 눈물이 빗물과 함께 흘러내리던 숱한 날들 속에, 나는 평생 아이의 우산을 씌워 주어야 할지도 모른다고 절망했다.

그런데 언제부터인가 연우는 우산을 놓치지 않았다. 아이의 손을 포개어 잡은 내 손의 힘을 조금씩 빼어도 연우는 아랑곳하지 않고 우산을 꽉 움켜쥐었다.

절망 속에서 희망의 씨앗이 보이는 날은 언제나 이렇게 선물처럼 찾아왔다. 자폐 아이를 키우며 맞닥뜨린 수없이 많은 절망 속에 내가 살아 낸 비결은, 희망의 씨앗을 보고 태산을 얻은 듯 기뻐하는 마음이었다.

우산을 쓰고 등교하는 아이의 뒷모습을 보며 기쁨

의 눈물을 흘리는 엄마가 어딘가에 또 있을 것이다. 아이가 우산을 잡고 걸어가기까지, 빗물과 함께 흘린 그 처절한 눈물을 아는 이가 어딘가에 또 있을 것이다.

포개어 잡은 내 손 밑으로 단단하게 힘이 들어간 아이의 주먹을 나는 아직도 잊지 못한다. 작은 희망의 불씨를 보며 살아온 잊지 못할 순간들.

비 오는 날 우산을 쓴 아이의 평범한 뒷모습이 그저 감사할 따름이다.

현명함이 내게 있기를

아이가 자폐 진단을 받은 후 여기저기 좋다는 곳은 다 찾아다녔다. 그중에는 소위 '사이비'라 불리는 곳도 있었다. 나와 같은 처지에 놓인 엄마들 사이에서 유명한 상담 센터. 대기만 거의 한 달을 넘게 했다. 상담비만 해도 몇십만 원.

아이를 데리고 상담실에 들어서는데 상담사를 보는 순간 소름이 끼쳤다. 그녀는 방석에 앉아 섬뜩한 눈빛으로 나와 내 딸을 번갈아 쳐다봤다.

"엄마는 저 뒤에 떨어져 앉아서 지켜보세요."

상담사는 아이한테 이런저런 질문을 했고, 이것저것 시켜도 봤다. 그러다 별안간 옆에 있던 회초리를 들어 공중에서 마구 휘두르며 아이를 때리는 시늉을 했다. 아니, 흉내만 낸 게 아니고 진짜로 아이가 몇 대 맞기도 했다. 아이는 기겁을 하고 울면서 내게 달려와 안겼다.

"애착 형성은 잘 되어 있네. 자폐는 확실히 아니야."

위기 상황에서 피하지 않고 맞고만 있거나 밖으로 뛰쳐나가지 않으니, 자폐가 아니라는 것이었다.

"아이한테만 온종일 집중하세요. 엄마는 아무 일도 하지 말고 아이한테만 집중하세요. 그러면 좋아집니다."

그녀가 내린 처방이었다. 독박 육아는 힘드니 자

기네 센터에 와서 다른 엄마들과 공동육아를 하라고도 했다. 그곳에서 자체 제작한 교재와 교구도 써야 하는데 세트로 몇백만 원이었다. 장삿속이 빤히 보였다. 그런데도 그곳에서 좋아진 아이들 얘기를 들으니 혹하는 마음이 들었다.

'내 아이가 정상으로만 된다면야, 그깟 몇백만 원이 아니라 무슨 일이든 못 할까.'

이 세상에 아픈 아이를 키우는 모든 엄마는 나와 같은 마음일 것이다.

그곳에 공동육아를 하러 가지는 않았지만 그날의 일은 이후로도 종종 악몽처럼 떠올랐다.

어떤 엄마는 고압 산소 기계에 아이를 넣기도 하고, 어떤 엄마는 손바닥으로 아이의 등을 때려 소리를 내게 만드는 일명 '터치 요법'에 아이를 맡기기도 했다. 어떤 이는 아이의 옷을 가져가 굿을 하기도 하고, 어떤 이는 극단적인 식이요법을 쓰기도 했다. 얼마나 답답하고 간절하면 그럴까.

주변에서 난치병 환자들을 본다. 의학이 발달했다고는 하지만 아직 인간의 의술로 치료할 수 없는 병이 너무 많다. 장애가 병은 아니지만, 초기 진단을 받은 후 아이를 치료하러 다니면서 자폐도 난치병과 비슷하다는 생각을 많이 했다. 분명히 고통스러운 증상이 있는데, 정해진 치료법도 없고 완치가 되지 않는 점이 꼭 닮았다.

이런 점이 어떤 이들에게는 비즈니스로 이용되기도 한다. 목숨을 건 간절함이 있는 사람들은 자기가 가진 그 무엇도 아끼지 않는 법이니까.

어려움에 빠진 사람들에게 손 내밀어 주는 사람들도 있는데, 그 어려움을 이용해 돈을 버는 사람들도 있다고 생각하니 분노가 치밀었다. 어떻게든 그들을 고발이라도 하고 싶었고, 부적절한 치료로 이중 고통을 받는 부모들을 구해 주고 싶은 생각도 들었다.

내가 다녀온 그 센터에 다니고 있는 엄마를 만났

다. 엄마는 아이가 몇 개월 사이에 눈에 띄게 좋아졌다고 했다. 공동육아를 통해 아이에 대해 더 많이 알게 되었고, 다른 아이들과 함께 생활하며 아이의 사회성이 더 좋아졌다고도 했다. 그래, 어떤 이에게는 그 여자가 고마운 사람일 수도 있겠구나 싶었다. 물론 회초리를 휘두른 것은 분명히 잘못된 일이지만 말이다.

절박한 상황에서 지혜롭기란 힘든 일이기는 하다. 그러나 나는 엄마이기에 비판이나 분노에 에너지를 쏟기보다 그저 내 아이에게 집중하는 것으로 지혜를 구해 본다. 우리의 어려움을 도울 손인지, 더 어렵게 할 손인지, 신께서 판단할 수 있는 지혜와 현명함을 주시기를 간절히 기도한다.

친구는
스스로 만드는 것

　친구의 아이들을 우리 집으로 초대했다. 다른 아이들은 친구 집에 놀러 가기도 하고 친구를 집으로 초대하기도 하며 노는데, 우리 아이들은 친구가 없다. 내가 나서서 이렇게 누군가를 초대하지 않으면 아이들은 학교에 있는 시간을 제외하고는 일상에서 비장애 아이들을 만날 기회가 없기에, 가능한 한 이런 기회를 자주 만들어 보려고 했다.

아침부터 집 안 곳곳을 부지런히 청소했다. 아이들이 좋아할 만한 음식인 떡볶이, 만두, 부침개, 핫도그, 케이크를 준비했다. 그리고 아이들에게 우리 집에 누가 오는지 여러 번 반복해 이름도 알려 주었다.

"사이좋게 잘 놀아야 해"

그리고 간절히 기도했다.
'제발 아무 탈 없이 잘 보낼 수 있기를. 우리 아이들이 친구의 아이들과 한 번이라도 더 눈을 맞추고, 한마디라도 더 주고받을 수 있기를.'

친구와 아이들이 집 안으로 들어오니 연우와 정우는 신이 났다. 자폐인이지만 사람을 좋아하는 아이들은 갑자기 복잡해진 분위기를 따라 텐션이 한층 더 올라갔다. 연우는 큰 소리로 동화책을 읊어 댔고, 정우는 뜀뛰기를 시작했다. 친구의 아이들은 어색한 듯 주춤거리며 눈치를 살폈다.

"이모가 맛있는 거 준비했어. 배고프지? 일단 먹

자 얘들아."

나는 준비한 음식을 가득 내놓았다. 제일 먼저 우리 아이들이 식탁으로 달려왔다. 친구와 아이들이 식사하는 동안 나는 정신이 없었다. 연우가 손으로 집어 먹지 않는지 감시도 해야 했고, 정우가 씹은 음식을 도로 접시에 뱉지 않는지도 봐야 했다. 음식이 친구 아이들의 입맛에 맞는지도 살피고, 부엌을 들락날락하며 음료와 과일도 챙겨야 했다. 부지런히 왔다갔다하며 바쁘게 몸을 움직였는데도 아이들 때문인지 긴장이 풀어지지 않아 얼굴이 벌겋게 달아올랐다.

식사가 끝난 후 아이들은 놀잇감을 탐색했다. 나는 비장애 아이들이 놀잇감을 가지고 노는 장면을 보면 경탄을 금치 못한다. 부모의 개입이 없으면 던지고 흔드는 도구로만 사용되던 장난감이 처음으로 제 기능을 발휘하는 순간! 우리 아이들이 제발 힐끔이라도 봐 주면 좋으련만, 아이들은 손님이 있건 없건 상동행동과 감각추구*에 빠져있다.

"현수야~, 연우, 정우랑 같이 좀 놀아."

친구도 마음이 쓰이는지 아이들에게 같이 놀라고 권유한다. 하지만 놀이에 관심이 없는 건 우리 아이들이다. 친구는 아이들이 잘 노니까 차라도 마시면서 나와 대화를 하고 싶어 하는 눈치였다. 나는 친구에게 차와 디저트를 내어 주고는 아이들 놀이에 잠깐 개입해 보았다.

"정우야, 연우야! 이리 와 봐. 우리 기찻길 같이 만들자."

고맙게도 연우와 정우는 잠시 앉아서 엄마의 뜻대로 기찻길을 만들어 주었다. 하지만 이내 일어나 어딘가로 가 버리고, 어른이 개입해서 더욱 신이 난 친

---

* 억제나 규제를 싫어하고 지루함에 민감하며 그것을 참지 못하며 새롭고 강렬한 감각자극을 추구하는 욕구._「상담학 사전」, 학지사

구의 아이들만 남고 말았다.

"연우야! 이리 와 봐. 공놀이하자!"

그래도 공 주고받기는 매일 연습시켰던 터라 좀 할 줄 알았다. 하지만 몇 번을 주고받더니 이내 짜증을 냈다. 엄마, 아빠와 매일 하는 공놀이인데, 굳이 손님이 온 날까지 하고 싶지는 않았던 것이다.

'그래. 너희들에겐 이 단순한 공놀이마저 '놀이'가 아니고, '과제'이고 '학습'이겠지. 손님이 와서 자유로워진 이 분위기에서까지 학습을 하고 싶지는 않은 거야.'

억지로 놀이를 시키는 건 내 아이에게도 친구의 아이에게도 못할 짓이었다. 그렇게 아이들은 같은 공간에서 따로 시간을 보냈다.

친구가 돌아간 뒤, 나는 아이들과 집 안을 정리하고 산더미처럼 쌓인 설거지를 멍하니 바라봤다. 아침부터 바쁘게 움직였는데 해야 할 일은 더 많아졌다. 다리에 힘이 풀리고 눈물이 났다.

나는 오늘을 누구를 위해서 살았을까. 우리 아이들을 위해 동동거렸을까, 아니면 잠시라도 비장애 친구를 만나게 해 주고 싶은 내 욕심을 위해 뛰어다녔을까.

나는 얼마간 이런 노력을 반복하다 그만두었다. 이런 억지스러운 만남과 노력으로는 아이들에게 친구를 만들어 줄 수 없었다. 그리고 무엇보다 내가 지쳐 갔다. 에너지가 바닥이 나 더 이상 아이들에게 친절한 엄마가 되어 줄 수 없었다.

그래서 나는 그냥 편하게 살기로 했다. 억지로 친구를 만들어 주려고 노력하는 대신, 아이들에게 좋은 가정을 만들어 주는 데 더 집중하기로 했다. 그것만 해도 충분하다고, 내가 모든 것을 다 해 줄 수는 없는 것이라고 인정했다.

인생을 살며 마음을 나누는 대상이 어찌 또래뿐일

까. 길을 걷다 스치는 바람에도, 길가에 핀 꽃 한 송이에도 눈길 주고 마음 나누며 우리는 '친구'가 되지 않는가. 좋은 음악으로 위로받고 영화를 보며 울고 웃으며, 우리는 하루에도 수많은 '친구'와 교감하며 살아간다.

'친구'는 주변 환경과 상호작용하며 스스로 만드는 것이라는 사실을, 나는 받아들였다.

받아들이고 나니 마음이 편해졌고, 내가 편해지니 아이들이 더 행복해졌다. 행복한 아이들은 스스로 친구를 만들며 살아갈 것이다. 그래, 엄마로서의 나의 역할은 거기까지다.

누가 뭐라든

"와! 정우다!"

지하 주차장에서 어린아이의 목소리가 들려왔다. 뒤를 돌아봤다. 정우 또래의 남자아이와 아이의 엄마가 우리 쪽으로 걸어오고 있었다.

"정우랑 같은 반이니?"
"네!"

"반가워. 이름이 뭐니?"
"준영이요!"

아이는 정우를 보며 싱글싱글 웃으며 말했다. 나는 아이의 엄마와 눈인사를 했다.

"정우야, 준영이한테 인사해야지."
"안녕!"

정우가 손을 흔들며 준영이에게 인사를 했다.

"안녕!"

준영이도 웃으며 대답을 하고 우리는 헤어졌다. 우리 가족은 외출을 하려고 주차장 안쪽으로 이동을 했고, 준영이는 엘리베이터를 타려고 현관 입구 쪽으로 갔다. 우리와 조금 거리가 생기자 준영이의 목소리가 들렸다.

"엄마! 내가 말한 애가 쟤야 쟤. 우리 반에서 아무

것도 못 하는 애!"

목소리가 너무 또렷이 들려 한숨이 나왔다. 솔직히 나는 이런 일이 과장을 섞지 않아도 백 번쯤은 되기 때문에 상처가 되지는 않는다. 그런데 마음이 아프다. 내 아이가 뭘 못 하는 아이 취급을 받아서 아픈 게 아니라, 학교에서 이런 얘기를 수없이 들었을 정우가 안쓰러워 눈물이 난다. 우리 정우 다 알아듣는데……

준영이는 그럴 수 있다. 아이들은 아직 어리고 미숙하니까. 나는 준영이 엄마가 뭐라고 대답했을 지가 궁금했다. 나라면 그랬을 것 같다.

"세상에 아무것도 못 하는 사람은 없어. 정우도 분명 잘하는 게 있을 거야. 그걸 사람들이 알지 못한 것뿐이야. 친구가 못하는 게 있으면 놀리지 않고 도와줘야 해. 누구나 못하는 게 있고 잘하는 게 있어. 너도 잘 못하고 자신 없는 거 있지? 그럴 땐 다른 사람의 도움을 받을 수도 있는 거야. 사람은 그렇게 도움을 주고받으면서 사는 거란다."

오늘은 정우를 더 많이 안아 주었다. 그리고 잘하는 걸 더 많이 칭찬해 주었다. 사람들이 뭐라고 하든, 너는 소중한 존재라는 것도 여러 번 얘기해 주었다. 나는 안다. 우리 정우는 이미 다 알고 있다는 것을.

엄마라고
부르지 않는 아이

"연우야, 내가 누구야?"

"아빠."

"연우야, 다시 생각해 봐. 내가 누구지?"

"선생님."

질문을 몇 번이나 반복했지만, 연우는 끝내 '엄마'라는 말을 꺼내지 못하고 내 눈치를 봤다.

"엄마잖아, 엄마."

　40개월 무렵까지 연우는 나를 '엄마'라고 잘 불렀다. 그런데 퇴행이 시작되고부터는 나를 '엄마'라고 부르지 못했다. 아니, 그 누구도 부르지 않았다. 요구 사항이 있을 때도 그저 허공만 보고 얘기했다. 내가 부엌에서 일하고 있으면 거실에서 개미만 한 목소리로 "응가 더 할 거야."(당시 '화장실 가고 싶어요'를 항상 이렇게 표현했음)라고 얘기하곤 했다.

　아이를 이렇게 둘 순 없었다. 나는 아이에게 호칭을 부르는 것부터 연습시켰다. 원하는 것이 있을 때 가까이 다가와서 내 말을 따라 하게 하는 것을 반복했다. 그렇게 수백 번을 연습시켰더니 어느 날부터인가 내게 다가와 이야기하기 시작했다.

　일반 사람들에게는 아무것도 아닌 일이 자폐아에게는 태산 같은 과제일 때가 많다. 그 과제를 수백수천 번의 연습을 통해 해냈을 때 그 기쁨은 말로 표현할 수가 없다. 아이가 자신의 요구를 말하기 시작했을 때, 나는 온 우주를 얻은 듯 기뻤다.

하지만 기쁨도 잠시, 아이는 호칭을 제대로 사용하지 못했다. '아빠'를 '엄마'라고 부르고, '엄마'를 '선생님'이라고 불렀다. 모르는 사람을 '엄마'라고 부르기도 하고, '할아버지'를 '삼촌'이라 부르기도 했다. 나는 연우가 알 만한 사람들의 얼굴을 사진으로 보여 주며 매일 학습을 시켰다. 하지만 아무리 반복해도 아이는 3년이 넘도록 적절한 호칭을 습득하지 못했다.

가장 슬펐던 것은 아이가 나를 '엄마'라고 부르지 못하는 것이었다. 누구나 태어나서 가장 먼저 한다는 그 '엄마'라는 단어를 왜 내 아이는 잃어버린 걸까? 내가 이토록 사랑을 주었는데, 내 사랑이 어디가 부족했을까? 내가 얼마나 더 사랑을 주어야 이 아이가 나를 '엄마'라고 불러 줄까. 아이는 내가 누군지 알기는 하는 걸까? 엄마가 누군지도 모르는데, 내가 사라져도 슬퍼하지 않겠지? '엄마'라는 단어에 집착해서 생각이 꼬리에 꼬리를 물었다.

나는 왜 아이를 낳아 놓고도 ‘엄마’라는 말조차 듣지 못하는 허무한 인생을 살아야 하는 걸까. 그러다 보니 결국, ‘살아서 뭐하나?’까지 이르렀다. 그 ‘엄마’라는 단어가, 안 그래도 종잇장처럼 팔랑이던 내 마음을 사정없이 찢어 버린 것이다. 주위에서 ‘엄마’라는 말을 하는 세 살 꼬마만 봐도 찢긴 내 마음에 한없는 눈물이 흘렀다.

　　그렇게 아픔 속에 살던 어느 날 아침, 잠에서 깨어 눈을 뜨니 연우가 나를 보고 있었다. 세상에서 가장 사랑스러운 눈빛으로 나를 보며 웃고 있었다. 연우의 눈 속에는 분명 ‘사랑하는 엄마’가 있었다.

　　‘그래, 연우는 내가 엄마인 걸 알고 있었구나. 나를 이렇게 사랑하고 있었구나.’

　　아이의 내면세계를 깨닫는 순간, 마치 고여 있던 물에 물꼬가 트이듯, 나의 생각도 거침없이 흘러가 변화되기 시작했다.

　　엄마인 내가 언어라는 도구에 매여 있을 때, 아이

는 이미 온몸으로 '엄마'라고 외치고 있었던 것이다.

　나는 '내 아이의 세계'가 지극히 평범하고 당연한 '인간의 언어 세계'와는 다르다는 것을 깨달았다. 아이는 자기의 생각을 우리의 언어에 담기 힘들고, 우리 또한 아이의 세계를 언어로 설명하기 어렵다는 것을 알게 됐다. 우리가 생각하는 일반적인 언어와 사고의 상관관계가 자폐아의 세계에서는 통하지 않는다는 사실, 이해하기 어려웠던 그 사실을 나는 아이를 관찰하며 깨닫게 된 것이다.

　설리번은 헬렌 켈러의 손바닥에 손가락 글씨를 쓰며 세상의 모든 사물에는 고유의 이름이 있다는 사실을 알려 주었다. 헬렌 켈러가 관념과 언어의 상관성을 인지하기까지 설리번은 인내심을 가지고 끝없이 반복했다. 세상 모든 것에 언어로 이름을 붙일 수 있다는 사실을 깨달은 순간부터 헬렌 켈러는 빛의 속도로 빠르게 학습을 시작했다. 이후 '사랑'과 같은 추상적인 관념 또한 설리번이 태양, 구름, 비와 같은 자연을 비유하여 헬렌 켈러에게 설명해 준 일화는

유명하다.

보고 듣고 말하지 못하는 사람이 언어를 습득하기까지, 학생과 스승의 끊임없는 노력이 있었고, 그것은 결코 단기간에 이루어지지 않았다는 사실을 우리는 알고 있다. 헬렌 켈러와 내 아이의 장애의 종류는 비록 다르지만, 일반 사람에게는 지극히 자연스러운 모국어 습득이, 장애가 있는 사람에게는 상상하기 힘들 만큼 어려울 수 있다는 사실을 나는 기억하고 되새겼다.

그때부터 나는 아이가 나를 '엄마'라고 부르든 '삼촌'이라고 부르든 상관하지 않게 되었다. 그리고 모든 사람에게는 저마다의 호칭이 있다는 걸 아이에게 끊임없이 훈련시켰다. 아이를 나의 세계로 오게 하는 것과 내가 아이의 세계로 들어가는 것 사이의 균형을 맞추고자 노력했다. 내가 아이의 세계로 들어가면 더 많은 것이 보였다. 이전에 생각했던 것보다 아이는 훨씬 더 많은 것을 알고 있다는 사실을 깨달았다.

하지만 아이를 그 세계에만 둘 수는 없었다. 어쨌

든 우리와 함께 이 세상에서 살아야 하니까. 나는 아이에게 '우리의 언어'를 가르치는 일을 쉬지 않았다.

아무것도 모르는 아이에게 이 세상을 가르쳐야 한다고 생각했을 때는 조급한 마음에 힘겨웠다. 하지만 이미 알고 있는 것을 언어로 표현하도록 가르쳐야겠다고 결심하니 아이를 키우는 마음가짐에도, 세상을 바라보는 시선에도 큰 변화가 생기기 시작했다.

언어로 자신의 세계와 생각을 표현하지 못하는 사람이 생각보다 많이 있다는 것. 그것은 언어로 표현되지 못하는 세계가 이 세상에는 분명 존재한다는 의미이기도 하다.

나는 누구를 만나도 언어로 표현하지 못하는 세계가 있음을 알고 존중하게 되었다. 그 깨달음은 나를 더욱 겸손하게 해 준다. 반대로 세련되고 고급스러운 언어를 구사하는 사람이라고 해서 꼭 그 세계가 언어와 같지는 않다는 생각도 하게 되었다. 이렇게 아이를 통해 많은 것을 알게 되었다. 아이로 인해 단

단했던 내 사고의 틀이 완전히 깨어졌다.

언어 너머의 세계를 인지하고 사는 것은 나의 삶을 보다 폭넓게 만들어 준다는 것을. 그 안에 사랑, 배려, 관용, 그리고 존중이 들어있다는 것을. 자폐아인 내 아이가 알려 주고 있다.

나는 오늘도 아이 덕분에 사람과 언어에 대해, 그리고 세계와 삶에 대해 끊임없이 배우고 있다.

아이가 다쳤을 때

"어머니, 정우가 다쳤어요. ○○대학병원 응급실로 오세요!"

아이를 유치원에 보내고 한 시간이 채 되지 않았는데 전화가 왔다. 어디가 얼마나 다쳤길래 대학병원 응급실까지 간단 말인가. 나는 헐레벌떡 차를 타고 응급실로 향했다. 얼마나 마음이 급했던지, 20년간 단 한 번의 운전 실수도 없었는데, 주차장에서 뒤

범퍼가 완전히 찌그러지도록 벽을 들이받았다.

선생님은 겁에 질려서 벌벌 떨고 있었다. 눈물로 얼굴이 범벅되어 있었고, 나를 보자 미안해서 어쩔 줄을 몰라 했다.

뛰어다니다 넘어졌는데 하필이면 책상 모서리에 얼굴을 부딪쳐 송곳니가 볼살을 찢고 들어갔다고 했다. 피가 많이 났고, 너무 많이 찢어진 것 같아서 성형외과가 있는 대학병원까지 오게 되었다고 했다.

의사가 정우의 상처를 처치하는 장면을 봤다. 정우의 입 속에서 커다란 소독용 면봉이 왔다 갔다하는 게 얼굴에 난 구멍을 통해 보였다. 얼굴이 찢어졌으니 아플 텐데, 정우는 의외로 무덤덤했다. 너무 울어서 얼굴은 부어 있었지만 울음이 잦아든 상태였다.

나는 울지 않았다. 실은 울고 싶었지만 거기서 내가 울면 아이가 얼마나 놀랄 것이며, 선생님은 또 얼마나 미안할 것인지 생각하니 울컥울컥 눈물이 차

오르는 것을 참아 낼 수밖에 없었다. 나는 엄마니까, 내 아들의 든든한 엄마니까, 눈물은 그저 가슴으로 꾹꾹 눌러 담았다.

몇 시간 아이를 굶기고 다시 오라고 했다. 마취를 하고 상처를 꿰매야 하기 때문이란다. 아이를 데리고 집으로 돌아와 큰아이를 이웃에 맡긴 후 다시 응급실로 향했다. 다쳐서 지쳐 있는 데다, 식성 좋은 아이가 굶기까지 해 팔다리가 축 늘어졌다. 내내 품에 안겨 있던 아이를 마취시키고 응급 수술실로 들어가는데, 보호자도 들어오라고 했다.

볼에 구멍이 크게 나 피부에서 스물 몇 바늘, 입안에서 또 몇 바늘을 꿰매야 한다고 의사가 말했다. 나는 소리 없이 고개만 끄덕였다.

봉합이 끝나고 마취에서 깬 아이가 눈을 떴다. 그리고 나를 보며 "엄마~~."라고 했다. 온몸에 소름이 끼쳤다. 평소에 엄마라고 부르지도 않던 아이가 엄마라니. 집에 가도 되겠다 싶어 아이를 안고 걸어 나왔다.

아이를 차에 태우고 운전을 하는데 눈물이 났다. 정말로 감사했다.

유치원 선생님은 나에게 죄송하다는 말을 여러 번 했다.

나는 단 한 번도 선생님을 원망한 적이 없다. 오히려 내 아이 때문에 얼마나 힘드시냐, 얼마나 놀라셨냐, 라는 말로 선생님들을 위로했다. 진심이었다.

나는 무슨 일이 있어도 선생님들을 전적으로 신뢰했다. 그 믿음을 선생님이 알아주었다.

얼마 전 선생님에게 전화가 왔다.

"우리 정우 덕분에 올해도 유치원 통합반 맡겠다고 했어요. 항상 저를 믿어 주셔서 감사합니다. 어머니."

그래. 그러면 된 거지. 그러면 충분하다.

보이지 않는 차별

"아이들이 그동안 열심히 활동한 사진을 편집해서 영상으로 엮었어요."

아이의 담임선생님이 단체 알림장에 올린 글을 보고 얼른 영상을 클릭해 보았다. 두근두근 설레는 마음으로 영상 속 아이들의 귀여운 모습을 보며 미소 지었다.

그런데 5분 남짓 되는 영상이 다 끝날 때쯤 되자,

내 눈에 눈물이 고이며 심장이 쿵쾅거리기 시작했다.

"우리 반 아이들의 예쁜 모습이 담겨 있어요. 보시고 아이들에게 칭찬 많이 해 주세요."

'우리 반 아이들'이라고 했으니 당연히 내 아이의 모습도 담겨 있을 줄 알았다. 나는 벌겋게 달아오른 얼굴로 혹시나 내가 놓치고 지나쳤을까, 다른 아이들 사진의 배경 속에서라도 내 아이를 찾기 위해 영상을 다시 한번 돌려 보았다. 내 아이는 영상 그 어디에도 등장하지 않았고, 서운하고 아픈 마음을 진정시킬 수가 없어 한참을 울었다.

처음이 아니었다. 아이가 둘이다 보니 유치원 때부터 학교에 입학해서까지 비슷한 일을 참 많이 겪었다.

내 아이만 없는 단체 사진, 내 아이만 쏙 빼고 마련해 둔 학습 준비물 등 일일이 나열하기도 어려울 만큼 같은 일이 매년 일어났다. 이제는 담담해질 법도 한데 이렇게 내 아이가 배제된 순간을 마주할 때마다 여전히 당황스럽고 가슴이 아프다.

선생님이 일부러 내 아이만 쏙 빼놓지는 않았을 것이다. 대부분의 선생님들이 내가 서운한 내색을 하면 진심으로 미안해하며 사과를 한다. 본인이 의식도 못 한 차별과 배제가 교실에서 일어나고 있다는 증거이다.

누군가는 그랬다.

"그래도 아이는 모르니까 다행이에요. 엄마 마음만 아프지, 아이는 상처받지 않았으니 너무 속상해하지 말아요."

발달장애 아이라고 해서 과연 자신이 당하고 있는 은근한 차별과 배제를 모를까? 나는 그렇게 생각하지 않는다. 말을 하지 못한다고 해서 느끼지 못하는 것은 아니다. 특히 발달장애 아이들은 일반인들의 짐작과는 다르게 예민하고 직감이 더 발달한 경우가 많아 자신을 둘러싼 주변의 분위기를 잘 파악한다.

내 아이들도 눈치가 빨라서 자신들이 사랑받고 있

는지 아닌지를 기가 막히게 알아챈다. 그래서 더 마음이 아프다.

은연중에 일어나는 수많은 차별과 배제 속에 내 아이는 얼마나 외로울까? 언어로 표현하지 못하니 또 얼마나 답답할까?

나도 교사이기 때문에 잘 안다. 특수교육대상 학생은 '특수반 소속'이라는 암묵적 동의와 규칙이 교사들 사이에 존재한다는 것을. 학급에 특수반 아이가 있으면 자신도 모르게 보이지 않는 선을 그어 두고 '특수반 학생은 특수반에서 학습을 하니까'하며 활동에서 배제시키는 것을 합리화한다는 것을.

학교는 사회의 완벽한 축소판이다. 학생들은 학교에서 사회를 배운다. 장애가 있는 내 아이들뿐 아니라 다른 비장애아이들도 은근한 배제와 차별, 보이지 않는 선에 익숙해져 가는 것이 서글프고 안타깝다.

과거에 비해 많이 변화되었다고는 하지만, 내가

장애가 있는 아이들을 학교에 보내며 느끼는 현실은, 아직도 갈 길이 멀어 보인다. 단순한 물리적 통합에만 머무는 교육이 무슨 의미가 있을까? 통합교육을 통해 아이들은 오히려 차별의 합리화를 배우고 있는 것은 아닐지.

나에게는 꿈이 있다. 우리 아이들이 장애에 구애받지 않고 타인과 함께 어울려 살아가는 모습을 보는 것이다. 내 아이들의 장애가 사라지는 것을 바라는 것이 아니다. 비장애인이 그어 놓은 선 밖에서 서성이는 삶을 사는 것이 아니라, 장애가 있어도 사회 구성원으로서 자연스럽게 살아가기를 바라는 것이다. 비장애인과 친구가 되는 데 장애가 '장애'되지 않는 세상. 누구나 일상의 평범한 것들을 아무런 장애 없이 누릴 수 있는 세상. 인간의 존엄성이 장애로 인해 무시되지 않는 세상. 나는 그런 세상을 꿈꾼다.

학교에서 보내온 사진에서 내 아이를 찾느라 가슴을 쓸어내리는 일이 없었으면 좋겠다. 내 아이가 장애인이라는 이유로 은근한 차별과 배제를 경험할까 봐 아이를 학교에 보내 놓고 전전긍긍하는 일이 더는 없었으면 좋겠다.

　나도 힘껏 노력할 테지만, 선생님이, 친구들이, 학교가, 그리고 우리 사회가 함께 힘을 모아 주면 좋겠다.

해 보니까
되더라고요

"어머니, 혹시 연우 지능검사는 해 보셨어요? 제가 가르치는 아이 중에 고등학교 2학년 지적장애 여학생이 있는데 연우랑 너무 비슷해요. 수와 글을 아직 몰라요."

연우가 여섯 살 때 한 병원의 치료사에게 들었던 말이다. 속으로 얼마나 많이 곱씹었던지, 아직도 그의 입에서 흘러나왔던 말이 귀에 들리는 듯하다.

그는 자폐 치료사로는 나름 최고의 전문가라 불리는 사람이었다. 연우는 그 치료사 밑에서 숫자를 구분하는 훈련만 7~8개월을 했다. 하지만 끝내 1과 2도 구분하지 못했다. 나는 치료사의 표정과 말투에서 그가 내 아이를 포기했음을 느껴 수업을 그만두었다.

하지만 나는 포기하지 않았다. 스무 살이 될 때까지만 숫자와 글자를 알면 된다고 생각했다. 아이가 알든 모르든 끊임없이 가르쳤다. 초등학교 1학년 때 특수 선생님도 그랬다.

"어머니, 연우는 자폐와 지적장애가 중한 편이어서요. 열심히 시켜는 보겠지만 6학년이 되어도 글을 알기는 힘들 것 같아요."

어쩌면 나도 그들의 말을 조금은 믿었는지도 모르겠다. 아무것도 학습할 수 없을 것 같은 내 아이를 보면 미래가 암담하고 두려웠다. 중간에 몇 달은 엄마인 나조차 체념하기도 했다.

하지만 작은 물방울이 끊임없이 떨어진 자리가 시

4장 아이들

간이 지나며 바위에도 흔적을 만들 듯, 내 아이도 일
상의 작은 노력으로 변화되기 시작했다.

아홉 살이 되어 수를 구분하기 시작했고, 열 살이
되면서 조금씩 글을 알기 시작했다. 글을 읽고 쓰게
된 것이 저도 신기한지 자꾸만 공부가 하고 싶다고
했다.

고등학생이 되어도 수와 글을 모를 거라던 아이가
연산도 하고 책을 읽는다. 아이만의 때가 있다. 내
아이에게 딱 맞는 방법도 따로 있다.

후배 엄마들에게 꼭 알려 주고 싶다. 아이의 미래
를 단정 짓는 말은 그냥 흘려버리라고. 그리고 일상
의 꾸준함은 바위도 쪼갤 수 있는 법이라고.

이번 학기에 파닉스*를 잘 모르는 학생 몇 명을 방
과 후에 따로 가르치고 있다. 이 아이들은 신이 났
다. 이제 겨우 be동사를 배우지만 영어를 쓰고 읽는

---

* 발음 중심 어학 교수법_「옥스퍼드 영한사전Online」

것을 제법 재미있어한다. 처음으로 영어를 할 수 있다는 자신감이 생겼다고 말한다.

장애가 있어도, 지능이 낮아도, 학습 결손이 누적되어 있어도 누구나 배울 수 있다. 할 수 없다고 함부로 단정 짓지 않았으면 좋겠다. 세상에 배우지 못하는 사람은 없다.

5장

친구

최고의 미용실

연우를 데리고 단골 미용실에 갔다. 어느 미용실이든 내 아이들을 데리고 가면 한 번도 유쾌한 기분으로 나와 본 적이 없어 살짝 긴장하고 갔다. 연우에게 미용사가 시키는 대로 잘하자고 몇 번을 일러 두었다.

그러나 연우는 여느 때처럼 샴푸 의자에서 벌떡 벌떡 일어났다. 나는 옆에서 안절부절못하는 모습으로 서 있었다.

드디어 머리를 자를 시간.

가운을 입고 미용사가 시키는 대로 자리에 앉았다. 머리 자르기가 시작되자, 연우는 몸을 앞뒤로 흔들며 산만하게 굴었다. 미용사가 곤란할 것 같아 나는 양손으로 연우를 잡고 있으려 했다. 그런데 미용사가 나를 제지했다.

"수현 씨, 잡지 마세요. 움직여도 괜찮아요. 그렇게 억지로 잡으려고 하면 아이가 머리 자르는 데 거부감이 생겨요. 움직여도 저는 알아서 잘하니까 편히 계세요."

그리고는 현란한 가위질로 연우의 머리를 자르기 시작했다. 워낙 실력으로 인정받은 미용사지만, 아이의 산만한 움직임에도 싫은 기색 하나 없이 예쁘게 잘 잘라 주었다. 미용실을 나오며 내가 말했다.

"고생 정말 많으셨어요. 자르기 쉽지 않으셨을 텐데"

"아니에요. 고생한 거 하나도 없어요. 걱정하지 마세요. 수현 씨, 앞으로 제가 미용을 그만두는 날까지 수현 씨 아들딸 머리는 제가 잘라 드릴게요. 다른 데 가서 눈치보고 고생하지 마세요."

인사하고 돌아서는데 어찌나 눈물이 나던지……. 한숨 푹푹 쉬며 은근한 눈치 주는 것은 기본이고, 대놓고 자기는 이렇게 비협조적이면 머리를 자를 수 없다는 미용사도 있었다.

그동안 수많은 미용실에 두 아이를 데리고 가서 받은 눈총, 긴장, 서러움이 한꺼번에 몰려와 눈물로 쏟아졌다. 그간의 설움이 이 한 번의 친절로 모두 치유되는 듯했다.

따뜻한 마음에는 큰 힘이 있음을 다시 한번 깨달은 오늘, 감사하다.
세상에는 우리에게 따뜻한 사람도 많다. 그러니 힘을 내자.

우리 집
설리번 선생님

아이를 낳고 딱 1년만 휴직을 하려고 했던 내가, 7년을 휴직했다. 아이의 장애 때문에 사직을 할까도 고민을 했지만, 아이들과 내 인생을 분리해서 생각하기 시작하면서 복직을 해야겠다고 마음먹었다. 무엇보다도 복직해서 통합교육을 잘해 보고 싶었고, 그것이 우리 아이들을 위한 일이라는 생각이 들었다.

그런데 복직을 하려면 내가 일하는 시간 동안 아

이들을 돌봐 줄 사람이 필요했다. 단순히 이동 지원만 해 주는 활동 지원사보다는 아이들의 학습과 생활지도까지 해 줄 수 있는 가정교사가 있으면 좋겠다고 생각했다. 그래서 가정교사 구인 공고를 냈다.

그리고 얼마 뒤, 교회에서 목사님의 소개로 선생님을 만나게 되었다.

인상이 좋고 따뜻한 사람 같았지만, 사는 곳이 우리 집과 멀어 인연이 될 줄은 꿈에도 몰랐다. 선생님은 우리 아이들의 사랑스러운 모습이 눈에 아른거리고, 기도하던 중에 '엄마의 애통하는 마음'을 느껴 아이들의 선생님이 되어 주기로 결심하게 됐다고 했다. 일부러 우리 동네로 이사까지 와서 아이들의 활동 지원사가 되어 준 것이다.

처음에는 선생님도 자폐성 장애에 대해 잘 몰라서 힘들어했다. 하지만 우리 아이들을 진심 어린 마음으로 관찰하고 기록하고 공부해, 빠른 속도로 적응해 갔다. 아이들에게 집중하는 흔들림 없는 모습이 보였다.

아이는 조금씩 달라졌다. 선생님을 만날 때까지만 해도 인사도 제대로 못 하던 아이가 인사를 하게 됐고, 자전거도 못 타던 아이가 자전거뿐 아니라 인라인스케이트도 타게 되었다. 숫자를 모르던 아이가 덧셈도 할 수 있게 되었고, 글자도 읽을 수 있게 되었다. 지적장애와 자폐성 장애를 동반한 우리 아이에게 이것은 기적과도 같은 일이다. 연우가 숫자를 배우기 위해 1년 이상 인지치료를 받고, 결국엔 치료사도 포기했던 일을 생각하면 정말 놀라운 일이다.

나는 이것을 '사랑의 기적'이라고 부르고 싶다. 아이를 성장시킨 것은 의학적 지식도 전문적인 특수교육도 아니었다. 끊임없는 자극과 관심이 아이를 변화시켰다. 어떻게 엄마도 아닌 사람이 이토록 간절한 마음으로 아이를 대할 수 있을까. 나는 그 어떤 설교나 글보다 선생님의 모습에서 더 깊고 진한 감동을 느꼈다.

한 사람을 온전히 사랑하는 것이 얼마나 어려운

일인가. 설리번은 영화에나 나오는 사람이라고 생각했는데, 이렇게 훌륭한 선생님이 우리와 인연이 되다니! 감사할 뿐이었다.

나 역시 학교에서 아이들을 가르치는 교사로서 사랑하는 마음, 기도하는 마음으로 아이들을 대하는 것이 쉽지 않음을 안다. 업무가 많아서, 수업이 많아서, 이런저런 많은 일들을 처리하다 보면 정작 중요한 '아이들'은 뒷전으로 밀려 그 마음을 헤아리지 못할 때가 많다. 우리 집 설리번 선생님은 그럴 때마다 나의 진정한 스승이 되어 준다.

어떤 일이 있어도 사랑하는 마음을 잊지 말라고, 애통한 어미의 심정으로 맡겨진 아이들을 잘 보살피라고. 삶으로 보여 주는 선생님의 가르침은 날마다 감사와 큰 깨달음을 준다.

함께 키우는 아이

   내가 정말 좋아하는 동네 친한 언니가 있다. 우리는 교회에서 만난 사이다. 처음에는 서로를 '집사님'이라고 불렀지만, 조금 친해지고 난 후로는 그 호칭이 영 불편해 '언니'라 부르게 됐고, 언니는 흔쾌히 허락해 주었다. 서로의 일상이 바빠 자주 만나지는 못하지만 한번 만나면 시간이 가는 줄 모르게 수다를 떤다. 여느 주부들과 같이 사는 이야기로 수다를 이어 가지만, 우리가 보통의 주부들과 다른 점이 하나 있다면, 언니도 나도 인생의 쓴맛을 제대로 본 사람들이라는 것이다.

　언니의 남편은 몇 년 전 암 선고를 받았다. 그래서 오랫동안 남편의 간병을 했고, 남편이 하던 사업이 망해 파산까지 경험했다. 어린아이들을 데리고 그 긴 터널을 지나올 때 얼마나 힘들고 막막했을까. 힘든 세월을 지나 지금은 평정을 찾긴 했지만, 지금도 절대 녹록지 않은 삶 속에서 누구보다 밝은 모습으로 살아가고 있다. 언니와 내가 살아온 삶의 형태는 서로 다르지만, 삶을 대하는 태도와 마음가짐은 비슷한 점이 많다.

　나는 언니가 안타까우면서도 자랑스러웠고, 언니 역시 나를 보며 그렇게 느꼈다. 장애 아이들을 키우느라 고군분투하는 나를 지켜보며 언니는 이렇게 말하곤 했다.

　"힘들거나 아프면 한 번씩 애들을 나한테 보내. 부담 갖지 말고."

언니의 제안에도 불구하고, 나는 몇 년 동안 한 번도 아이들을 맡기지 않았다.

"언니도 힘들게 사는데 나까지 부담 주고 싶지 않아."

하지만 7년간 휴직을 하고 복직을 하려니 작은 도움이라도 절실히 필요했다. 그래서 언니의 제안을 받아들여 일주일에 한 번 연우나 정우를 맡기고 있다. 언니는 우리 아이들을 데리고 가벼운 산책이나 등산을 가기도 하고, 친정집에 가기도 하고, 카페나 마트에 함께 가기도 한다. 일주일에 한 번, 서너 시간의 내 일상을 대신 살아 보는 것이다.

가족이 아닌 타인에게, 아무리 친한 사이라도 장애 아이를 맡기는 것은 쉬운 일이 아니다. 평소 누군가에게 부탁을 하거나 도움을 요청하며 살아 보지 않은 나로서는 큰 용기가 필요했다. 하지만 언니에게도 쉽지 않았을, 나를 위해 선뜻 내밀어 준 그 고마운 손길을, 나는 힘껏 잡아 보기로 했다.

"수현아. 이제야 얘기하지만 처음엔 나 진짜 힘들었어. 기껏해야 하루에 서너 시간 보는 건데, 집에 오니까 그냥 뻗더라. 하하. 정우가 침 뱉고 소리지르는 상동행동 말이야. 그거 밖에서 하면 사람들이 노골적으로 쳐다보는데, 그때마다 네 생각이 나서 얼마나 눈물이 나던지. 너 그동안 정말 힘들었겠다."

듣기만 했던 아이들의 독특한 행동을 막상 경험해 보니 새롭게 알게 된 것이 많은 듯했다. 언니 나름대로 여러 가지 대응을 해 봄으로써 아이들의 장애에 대해 이해하게 되고 함께 즐겁게 시간을 보낼 수 있는 방법도 터득하게 되었다고 한다.

"너희 애들이 황당한 행동을 할 때마다 그전에는 웃어도 되나 싶었는데, 애들이랑 같이 있다 보니까 그냥 웃게 되더라고. 있는 그대로 그냥 마음껏 귀여워하고 웃어도 되겠더라고."

언니의 가족들도 우리 아이들을 자연스럽게 만나면서 날마다 우리 아이들의 이야기로 웃음꽃을 피운다고 한다. 분명 힘들고 어려운 지점도 있지만, 서로 더 깊이 이해하고 사랑하게 된 것만은 분명하다.

올 초부터는 또 한 명의 동네 친구가 일주일에 한 번씩 연우를 만나 등산을 가고 있다. 딱 한 시간인데 도 쉽지 않아 보인다.

"오늘도 많이 배웠어. 나한테 이런 기회를 줘서 고마워."

자폐성 장애인을 처음 경험해 봐서 당황스러운 점 이 많을 텐데, 긍정적으로 말해 주는 친구가 눈물 나 게 고맙다. 사람을 좋아하는 연우도 새로운 사람을 만나는 일이 꽤 즐거워 보인다.

나는 내 아이들을 키울 마을을 만드는 중이다. 처음에는 큰 용기가 필요했지만, 생각해 보면 이것이 아이들에게뿐만 아니라 어른들에게도 성장의 기회 가 된다. 장애는 책이나 말로 배우는 게 아니니까. 백 마디 말보다 한 번의 경험으로 깨닫게 되는 게 사람이니까. 사람은 '지식'으로 성장하는 것이 아니라 '깨달음'으로 성장하는 것이니까 말이다.

우리 아이들이 '마을을 성장시키는 보배'임에 틀림이 없다.

오늘도 언니에게 메시지가 왔다.

수현아. 고기를 잡으러 산으로 갈까요? 했더니 정우가 뭐라는 줄 알아?

뭐랬어?

생선! 생선! 생선! 얼마나 웃겼는지 아니? 내가 못살아.^^

언니는 이렇게 아이들과 시간을 보낼 때마다 재미있는 얘기가 있다며 나에게 발랄한 문자메시지를 보낸다.

시간이 지날수록 언니와 나 사이에는 더욱 이야깃거리가 넘치고, 더불어 서로에 대한 이해와 사랑도 깊어져 간다. 이렇게 기쁜 마음으로 아이를 함께 키워 주는 언니가 있다는 사실이 눈물 나게 행복하다.

나와 늘 함께해 주는 사람들이 있어 오늘도 참 감사하다.

젓가락질 잘해야만
밥 잘 먹나요?

"우리 하영이 혼자 먹을 수 있어요! 하영이 밥그
릇에 반찬 올려 주지 마세요!"

장애인 복지관의 그룹수업이 끝난 후 아이들과 함
께 식당에서 점심을 먹고 있었다. 내 옆에는 하영이
에게 반찬을 올려 주고 싶어 하는 나이 든 자원봉사
자가 있었는데 그게 못마땅했는지 하영이의 엄마가
이를 나무랐다. 자원봉사자는 무안한 기색을 감추지

못하고 나를 쳐다봤다.

 "우리 연우는 아직 어려서 젓가락질을 잘 못해요. 반찬 올려 주셔도 괜찮아요."

 그러자 하영이 엄마가 나를 쳐다보며 말했다.

 "연우 엄마도 그렇게 하면 안 돼. 우리 애들은 어릴 때부터 뭐든 혼자 하도록 철저히 가르쳐야 하는 거야. 반찬 올려 주고 그러는 건 애가 배울 기회를 박탈하는 거잖아."

 나도 안다. 식사하기, 양치하기, 화장실 가기, 옷 입기 등 일상생활에서 무수히 많은 자조활동을 연습해야 한다. 비장애 아이들은 한두 번이면 될 걸, 우리 아이들은 천 번, 만 번을 해야 한다는 걸 누구보다 잘 알고 있다.

 그래도 나는 누군가가 내 아이의 숟가락 위에 반찬을 올려 주는 것을 막지 않는다. 집에서는 아이가 혼자 먹을 수 있도록 철저히 연습시키지만, 할머니 집에 가면 할머니와 따스한 정을 나눌 수 있도록 놔 둔다. 할머니가 밥을 한번 먹여 주었다고 해서 아이 가 잘하던 젓가락질을 못하게 되지는 않을 테니까.

장애가 있는 아이들이 비장애 아이들과 다르다고 생각하면 끝이 없다. 비장애 아이들은 열 번을 연습 하면 끝나는 일을, 내 아이들은 수없이 반복해야 할 수 있다고 해서 어딘가에 쫓기듯 밀어붙여야 할 이 유가 있을까? 지금 한 번의 젓가락질 연습을 놓치지 않기 위해 이웃과 따스한 정을 나눌 기회마저 박탈 해야 하는 걸까?

장애가 있는 아이들도 타인의 관심과 사랑을 자연 스럽게 경험할 기회가 있어야 한다.

비장애인 아이들의 식탁이었다면 어땠을까? 어른 이 아이의 숟가락 위에 반찬을 얹어 주는 장면은 우 리가 흔히 보는 자연스러운 풍경이다. 보통의 평범 한 식사 자리였다면 아이들의 젓가락질에만 집중하 지는 않았을 것이다.

나는 내 아이들이 장애와 상관없이 자연스럽게 살아가기를 바란다. 장애가 있는 자식을 키운다고 해서 매사에 팔 걷어붙이고 아이를 열심히 훈련시키고 싶지는 않다. 우리 아이도 어릴 때는 일상에서 응석을 부릴 권리가 있다. 장애 때문에 그 흔한 할머니의 숟가락 사랑마저 포기해야 한다면 얼마나 슬픈 일인가. 장애는 우리가 자연스럽게 받아들여야 할 인간의 한 모습일 뿐인데, 왜 우리는 이다지도 자연스럽지 못한가 말이다.

　어쩌면 우리 아이가 '평범한 삶'을 사는 것을 가로막고 있는 사람이 엄마인 내가 아닐지.

　잘하면 잘하는 대로, 못하면 못하는 대로 서로 도움을 주고받으며 사는 것이 자연스럽고 평범한 일 아닐까. 타인과 함께할 때는 도움을 잘 받을 수 있는 것도 세상을 살아가는 지혜일 것이다.

　'젓가락질 잘해야만 밥 잘 먹나요?'라는 노래 가사도 있듯, 젓가락질이 조금 서툴러도 함께 어울려 살아가는 법은 배울 수 있지 않을까.

나와 같은 고민을 하는 엄마들에게 말해 주고 싶다. 조금 느슨하게 사는 것도 괜찮다고. 그렇게 천천히 돌아가도 결코 늦은 건 아니라고.

진짜 친구

숟가락을 들고 밥을 비비자 뜨거운 돌솥이 요란한 소리를 냈다. 아이가 치료를 받는 동안 얼른 밥을 먹어야 해서 오늘도 반찬이 따로 필요 없는 비빔밥을 주문했다. 제대로 비비지도 않고 숟갈을 입안으로 바쁘게 집어넣으려는 찰나, 전화가 울렸다. 나는 반사적으로 전화를 받았다. 아이가 치료를 받다 격하게 거부를 하거나 변을 지리는 상황이 생겨, 밥을 먹다가도 스프링처럼 튀어 나가는 일이 다반사였기 때문이다.

"연우 엄마. 잘 지냈어요?"

아주 익숙한 목소리인데 누군지 퍼뜩 생각이 나지 않았다.

"누구세요?"
"나예요. 민서 엄마."

아이가 자폐 진단을 받은 이후로 내가 일방적으로 연락을 끊은 지 4년이 지나 있었다. 우리는 같은 동네에서 개월 수가 같은 아이를 키우며 매일 서로의 집을 오갔다. 걷기도 전부터 책을 외우던 아이를 내세워 겸손하게 잘난 척을 하던 때였다.

민서 엄마는 나를 많이 부러워했다. 딱히 의도하지 않아도 어느새 관계에서 리더가 되어 버리던 시절, 타고난 선생 기질로, 나는 그녀를 수많은 육아 정보와 조기 영어교육에 노출시켰다.

무슨 말이 필요할까. 그리 잘난 척을 해 놓고는 아이가 장애 진단을 받은 것이다.

우리가 진짜 마음을 나눈 친구였다면 붙잡고 펑펑 울기라도 했을 텐데. 나는 그 알량한 자존심을 버리지 못하고 숨어 버렸다.

최선을 다해 열심히 산 만큼 운도 너무 좋아서 똑똑한 아이를 낳았다는 평판에 의지해 살고 있었나 보다. 세상에서 가장 큰 불행이 나에게 왔다는 사실을 들키고 싶지 않아서 모든 지인들과 연락을 끊었다. 매일 만나던 그녀에게도 이유를 말하지 않았다. 일방적으로 교류를 끊고, 나를 흔적도 없이 잊어 주기를 바랐다.

그런 나를 괘씸히 여겼을 법도 한데, 그녀는 왜 나를 잊지 못했을까. 4년 동안 숨어 버린 나를 수소문해서 찾은 이유가 뭘까.

"내 연락처는 어떻게 알았어요?"

민서 엄마는 병원에서 우연히 만나 알게 된 혜은

이 엄마 이야기를 꺼냈다.

　아이의 발달 문제로 고민을 하길래 만나서 이야기를 들어주고 치료 조언을 해 주었던, 딱 한 번 봤던 혜은이 엄마의 얼굴이 떠올랐다.

　"혜은 엄마랑 얘기하다가 우연히 연우 엄마 소식을 들었어요. 너무 보고 싶어서 연락처를 받아 뒀지."

　기막힌 우연이 신기하긴 했지만 바쁜 치료 일정으로 하루가 꽉 차 있던 터라, 보고 싶다는 말이 그리 반갑지 않았다.

　"보고 싶어요, 연우 엄마. 나 한번만 보러 와 줄 수 있어요?"

　민서 엄마가 보러 와 달라며 찍어 준 주소는 요양원이었다.

　나는 며칠 후 그녀를 만나기 위해 차를 몰았고, 그렇게 우리는 4년 만에 재회했다.

민머리에 손발톱도 없었지만 민서 엄마는 여전히 아름다웠다. 그 힘든 세월을 보내고도 나를 보고 환하게 웃는 모습이, 어둠 속의 날들을 웃으며 견뎌 온 나를 꼭 닮은 것 같았다. 두려움과 고통으로 고꾸라졌을 민서 엄마의 모습이 희미하게 그려졌다.

우리는 서로를 꼭 안았다. 금방이라도 무너져 버릴 것 같아 차마 등을 토닥이지 못했다. 그녀의 뼈아픈 눈물의 시간이 나에게 고스란히 내려앉았다. 마치 내 심장이 짓이겨지듯 숨이 멎을 것 같았다.

내가 언제부터 타인의 아픔을 내 것처럼 느낄 수 있게 되었을까.

나는 건강을 잃어 본 적도, 아이들과 오랜 시간 떨어져 본 적도 없는데 어떻게 그녀의 시간을 내 것인 양 절절하게 느끼고 있는 걸까.

민서 엄마도 마찬가지였다. 장애 아이를 키우는 아픔이 무엇인지 그녀가 알 턱이 없는데, 맞잡은 손에서 끝없는 이해와 위로의 전류가 흘렀다.

어떻게 하면 아이를 똑똑하게 키울 수 있을까가 최대의 관심사였던 우리는, 4년 후 완전히 다른 사람이 되어 있었다. 남보다 앞서가기 위해 약삭빠른 정보를 공유하던 우리의 대화는, 위로와 공감으로 채워져 갔다. 사람은 변하지 않는다고 하지만, 우리는 달라졌다. 가치관이 바뀌고, 관심사가 달라졌으며, 무엇보다 진심을 이야기하고 마음을 안아 주는 사람이 되었다.

우리에게 지난 4년의 삶이 없었다면 어떤 모습으로 살아가고 있을까?
때로는 주어진 운명을 거부하고 싶을 만큼 아픈 순간도 있지만, 그래도 감히 용기 내어 말해 보고 싶다.

위로, 공감, 인내, 용기, 사랑.
삶이 내게 가르쳐 준 것들은 그 무엇과도 바꿀 수 없는 고결한 가치가 있다고.
고난을 통해 성숙해지는 동안, 이전에는 알지 못했던 삶의 숭고한 가치가 내 안에 깊숙이 자리 잡아 나를 더 괜찮은 사람으로, 타인에게 더 따뜻하고 진실한 사람으로 만들어 주었다고.

  얼마 후 나는 암 환자들을 위한 먹거리 연구 모임의 리더가 되었고, 민서 엄마는 일주일에 한 번씩 장거리를 마다하지 않고 나를 보러 와 주었다. 함께 건강한 음식을 만들어 먹고, 좋은 친구들을 만났다.

  우리는 4년 전보다 더 환하고 크게 소리 내어 웃었다. 그렇게 우리는 진짜 친구가 되었다.

위로에 대하여

　몇 달 전 SNS를 통해 남편을 잃은 어느 선생님의 글을 보았다. 나는 경험해 보지 않은 일이라 그 아픔과 어려움에 대해 잘 모르지만, 그 글은 내가 쓴 글이라고 해도 믿을 정도로 한줄 한줄에 공감이 갔다. 그래서 위로의 메시지를 남기기로 했다. 다른 사람의 응원과는 조금 다른, 오직 나만이 할 수 있는 공감의 메시지를 전하고 싶었다. 하지만 아무리 고민을 해도 이렇다 할 문장을 찾지 못해 결국 형식적인 위로 몇 마디를 남기고 말았다.

내 마음이 오랫동안 머문 그 글에 진심 어린 위로를 전하고 싶었지만, 그 아픔에 가닿지 못하는 나의 한계를 인정할 수밖에 없었다.

첫째 아이가 장애 진단을 받고, 또 둘째 아이까지 진단을 받았을 때, 사람들은 나를 위로하고 싶어 했다. 하지만 그 어떤 말도 나를 안아 주지 못했다. 오히려 그들의 위로에 감사의 마음을 전해야 하는 내 모습이 더 처량하고 비참하기까지 했다.

어떤 이는 그랬다. 자식을 먼저 보낸 사람들도 산다고. 그저 내 옆에 아이가 숨 쉬고 있다는 것만으로도 감사한 일이라고. 지금 생각하면 힘들어하는 나를 위로해 주고자 한 말임에 틀림이 없다. 하지만 그때에는 그 말이 내 마음을 더 쓰리게 했다.

'당신이 장애가 있는 아이들과 하루하루 살아가는 고통을 알아요? 살아 있는 게 오히려 죽음보다 고통인 삶을 당신이 알아요?'

이런 생각이 내 안에서 끝없이 메아리쳤지만, 나를 위로하고자 했던 그 마음을 잘 알기에 속마음을 보이지는 못했다.

　　또 어떤 이는 이렇게 말했다. 세상에서 가장 슬픈 것은, 자식이 잘못되는 것이 아니라, 함께 평생을 살아야 할 배우자가 외도를 하거나 먼저 세상을 떠나는 거라고.
　　그에게 나는 대답했다. 내 아이들의 장애가 사라질 수만 있다면 나는 배우자가 없어도 되고, 이 세상에 내가 없어도 된다고. 그 말을 던지며 나는 뼈아픈 눈물을 감추지 못했다. 물론 지금은 안다. 나를 위로하고자 하는 그의 마음만은 순수했다는 것을.

　　사람들은 비교에 익숙하다. 늘 비교하며 살아간다. 밥을 안 먹는 아이에게는 '아프리카 아이들은 이것도 못 먹어 굶어 죽는다'라는 비교로 훈계하고, 집이 없다고 불평하는 사람에게는 '더 어려워서 길에 나앉는 사람도 있다'라는 말로 위로한다. 하지만 그런 비교로는 밥 안 먹는 아이를 먹게 할 수도 없고,

집이 없는 사람의 설움을 위로하지도 못한다.

　우리는 비교하며 살아가는 데 익숙해져 불행마저
도 비교하려 한다. "너보다 더 불행한 사람도 있어.
그 사람을 보면서 힘을 내." 이런 말로 타인을 쉽게
위로할 수 있다고 착각한다.
　사실 나도 그랬던 것 같다. 내가 아프기 전에는 타
인을 어떻게 안아 주어야 할지 몰라 어설픈 위로를
건넸다.

　아픔과 불행을 저울로 달아 무게를 잴 수 있다면
우리가 좀 더 행복해질 수 있을까? 무게로 재어 내
아픔이 1등이 아니라 저기 뒤에서 몇 등쯤 하는 게
증명되면 아픔을 조금이라도 덜어낼 수 있을까? 같
은 아픔을 겪어도 어떤 이에게는 세상을 다 잃은 듯
슬픈 일이 될 수 있고, 또 다른 이에게는 금방 훌훌
털어 버릴 수 있는 가벼운 것일 수도 있을 텐데 말
이다.

　누군가의 아픔을 위로한다는 것은, 어쩌면 불가능

한 일일지도 모르겠다. 나는 가장 치열하게 힘들었던 순간에 그저 아무 말 없이 함께 밥을 먹어 준 친구가 가장 위로가 되었다. 아이들 먹으라며 말없이 쿠키 몇 조각 구워 준 친구가 나를 덜 외롭게 했다. 애써 슬픔을 누르며 밝게 웃는 나에게, 산책 한번 가자고 말해 주는 친구가 고마웠다. 혼자 울고 있는 내 모습을 보며 눈물을 훔치고 못 본 척 넘어가 주는 친구가 나를 위로했다. 아니, 사실 그 어떤 이도 나를 진짜 위로해 주지는 못했지만, 적어도 그들은 나를 더 외롭게 하거나 더 아프게 하지는 않았다.

내가 큰 시련을 겪었다고 해서 같은 아픔을 겪은 사람을 위로할 수 있다고 생각하는 것 또한 착각이다. 다만 내가 고통의 시간을 살아왔기 때문에 타인의 고난을 함부로 비교하지 않고, 위로할 수 있다고 자만하지 않게 되었다.

그저 옆에 있어 주는 것. 그 강을 건널 수 있다고 믿어 주는 것. 기도의 마음을 모으는 것. 그것이 위로에 대해 내가 배운 것이다.

대화하고 싶은 사람

어느 뜨거운 여름날, 주일예배가 끝나고 집으로 향하던 길이었다.

"아이가 아프다면서요?"

오가며 마주치던 나이 지긋한 성도를 만났다. 그동안 인사만 주고받았지 한 번도 대화를 나눠 본 적은 없었다.

"아, 네. 아픈 건 아니고 장애가 있어요."

"저도 젊을 때 죽다 살아난 적이 있어요. 거의 식물인간이었지……"

그는 삼십여 년 전 뇌졸중으로 죽을 뻔한 이야기와 그에 얽힌 사연, 그때의 괴로움을 이야기하며 눈시울을 적셨다. 정말 기가 막힌 사연이긴 했지만, 사실 내 처지와는 크게 상관이 없는 얘기였다.

그렇게 나를 위로해 주고 싶어 꺼낸 이야기는 점점 길어졌고, 나는 그저 고개를 끄덕이며 호응을 해 주었다.

그늘 한 점 없는 길바닥에서 내 몸의 반도 안 될 것 같은 작은 노인이 쉴 새 없이 자신의 이야기를 했다. 날씨가 너무 더워 노인이 쓰러지기라도 할까 봐 걱정되었지만, 그의 얼굴에는 어느새 생기가 돌았다. 기나긴 사연의 막바지에 그는 마치 흑인 해방을 부르짖는 마틴 루터 킹 목사처럼 새로운 결의와 희망에 가득 찬 얼굴로 내게 말했다.

"그러니 새댁도 힘내요! 하나님이 함께하시잖아
요."

"네, 저도 들려주신 말씀이 위안이 됩니다."

우리는 웃으며 훈훈하게 대화를 마무리했다.

나는 내가 장애인의 부모라는 사실을 굳이 말하고
다니지는 않는다. 그냥 스치는 인연에까지 구구절절
내 개인사를 이야기할 필요는 없으니까. 그런데 어
쩌다 사람들이 내 이야기를 우연히 알게 되면, 그들
은 그간 꽁꽁 숨겨 왔던 자신의 아픔을 내게 털어놓
는다. 어느 집에나 기가 막힌 사연 하나쯤은 있다는
걸 나는 그때 알았다.

처음에는 이해가 되지 않았다. 나를 위로해 주지
는 못할망정 왜 자신들의 이야기를 하고 있는 건지.
그것도 대부분 장애와는 관련 없는 얘기를.

더 힘든 일, 혹은 비슷한 아픔을 겪고도 꿋꿋하게
사는 사연을 듣고 내가 힘을 내기를 바라는 마음인
건지, 아니면 정말 남의 아픔을 통해 내가 위로받을

것이라 생각하는 건지. 그것도 아니면 그저 나에게 자신의 이야기를 하고 싶었던 건지.

그 이유가 무엇이든, 나는 누군가에게 '대화하고 싶은 사람'이 되었다. 자신의 이야기를 하고 싶어 하는 사람, 내 이야기를 들려주면 공감해 줄 것 같은 사람, 서로 위로를 주고받을 수 있을 것이라 신뢰하는 사람이 되었다.

사람들은 나에게 자신의 삶을 보여 줌으로써, 치유와 회복을 얻는다고 말한다. 나 또한 사람들과 주고받는 깊은 대화 속에서 위로를 얻는다. 시련을 통해 나는 많은 사람들과 소통하고 공감할 수 있는 사람이 되었다.

많은 사람들의 사연을 들으며 대화를 해 보니, 사람은 자신이 겪어 본 만큼만 느끼고 공감할 수 있다는 것을 깨달았다. 내 아이와 비슷한 장애가 있는 아이를 키우는 사람일지라도, 내가 겪은 아픔의 깊이와 강도가 그의 것과 꼭 같을 수는 없다. 나는 그저 나의 경험에 비추어 그를 이해할 뿐이다. 정확히 말하면, 그것은 그의 아픔이 아니라 내 아픔을 그의 이야기에 투영한 것이다. 고난을 견뎌 낸 방식을 타인에게 이야기해 주는 것 또한, 철저히 나의 판단에 근거한 조언일 뿐이라는 사실도 깨달았다.

그 후로도 노인과 나는, 동네에서 마주칠 때마다 서로의 힘든 삶에 대한 이야기를 주고받았다. 나이는 40년 이상 차이가 나지만, 우리는 진솔한 대화를 나누는 '친구'가 되었다. 비록 지금은 아름다운 삶을 마무리하고 천국에 있지만 이렇게 글로 삶을 나누고 있는 내 모습을 보고 그는 흐뭇한 미소를 짓고 있을 것이다.

함께 부르는 노래

선생님 저 잘했죠?

"선생님! 저 오늘 숙제했어요!"

"그래, 잘했어!"

"선생님! 저희 오늘 영어 6교시인데 발표할게
요!"

"그래, 기대할게!"

진수는 1교시부터 교무실로 찾아와 내게 말했다.
원래 숙제는 안 하는 것이 보통이고, 자주 교무실로

불려 와 야단을 맞는 아이다.

하지만 내가 본 진수는 너무나 사랑스러운 아이다. 키 175cm에 큰 덩치를 가졌지만 애교가 많다. 복도에서 마주치면 강아지처럼 졸졸 따라와 시답잖은 농담을 하고 자꾸만 머리 위로 '하트'를 날린다.

"너 막내지?"
"와, 쌤 어떻게 아셨어요?"

얼마 전엔 존경하는 인물이 누구냐고 물었더니 '아인켄슈타인'이라고 대답을 해 모두를 웃게 만들었다. 자신의 실수에 친구들이 웃어도 기분 나빠하지 않고 그저 실실거리는 성격 좋은 아이다. 그런데 영어 실력은 정말 심각한 수준이다. 일단 파닉스를 모른다. 단어를 봐도 읽을 줄을 모르니 중학교 2학년 수업을 따라가기 어려운 건 당연하다.

그런데 언제부터인가 수업에 적극적으로 참여하려고 노력하는 모습이 보였다. 내가 하는 한마디도 놓치지 않고 이해하려고 애를 쓰는 모습이 안쓰러워 눈물이 날 정도였다.

"선생님, 제가 도장 스물다섯 개 다 채우면 뭐 해 주실 거예요?"

나는 아이들이 발표를 하거나 영단어 퀴즈를 잘 보면 스탬프를 찍어 주는 제도를 운영하고 있는데, 어느 날 진수가 질문을 한 것이다. 그러자 옆에서 듣고 있던 한별이가 말했다.

"야, 네가 도장을 어떻게 받아? 세 개 모으는 것도 기적이지!"

그런데 진수는 이미 도장을 열 개를 모았다. 스물다섯 개를 모으면 피자를 사 주기로 했는데, 정말 피자를 사 주게 될 것 같다.

오늘도 진수가 제일 먼저 손을 들어 발표했다. 자신의 버킷리스트 열 개를 영어로 써 오는 것이 숙제였는데, 진수가 발표하는 모습을 엄마 미소로 바라보다 깜짝 놀랐다. 진수의 이마에서 땀이 뚝뚝 떨어지는 것이었다.

"진수야! 그거 혹시 땀이야?"
"아, 선생님 저 영어를 잘 못 읽어서 긴장했나 봐요."

부끄러움이나 긴장이라곤 전혀 모를 것 같은 쾌활한 아이가 긴장을 해서 땀을 다 흘리다니…….
진수는 할 수 있는 최선을 다하고 있었던 것이다. 칭찬을 하는 내 목소리가 살짝 떨렸다. 아마도 오래오래 이 순간을 잊지 못할 것 같다. 진수는 어제도 오늘도 교무실에 와서 이야기했다.

"선생님 저 버킷리스트 발표 잘했죠?"
"그래! 우리 진수 최고야!"

예슬이의 진심

"선생님! 예슬이 눈 좀 보세요! 화장했어요!"

종현이가 나에게 달려오더니 예슬이를 가리키며 소리쳤다. 학교에서 눈 화장은 금지되어 있다. 그런데 딱 보니 오늘도 화장을 했다.

"예슬이가 화장을 했다고? 어디? 안 했는데?"

"잘 보세요. 눈 화장도 하고 파우더도 발랐잖아
요."

"아이고 종현이가 뭘 모르네. 종현아, 예슬이는
원래 얼굴이 예뻐. 화장을 한 게 아니고 원래 저 얼
굴이야. 종현이가 몰랐구나?"

나는 예슬이를 보고 웃으며 말했다. 예슬이는 얼
떨떨한 표정을 지으며 어쩔 줄을 몰라 했다.

"그리고 종현아. 친구의 잘못을 선생님한테 일러
주기 보다는 우리 그냥 각자의 생활을 열심히 하는
게 어떨까? 종현이가 어떻게 하면 지각을 안 할 수
있을지 같이 한번 생각해 보자."

"아아, 아니에요!"

종현이가 웃으며 도망을 갔다. 나는 예슬이에게
다가가 말했다.

"예슬아, 화장을 너무 진하게 하면 학생부로 불려

가는 거 알지? 그러면 선생님이 너를 보호해 줄 수가 없어. 학교에 올 때는 너무 티 나게 하지는 말자. 알았지?"

예슬이는 조금 튀는 아이다. 그래서 예슬이가 우리 반에 배정되었을 때 선생님들이 한마디씩 했다.

"아우, 예슬이 힘든데."
"쌤, 힘들겠다. 예슬이 진짜 말 안 듣는데."
"예슬이 쌤 반이에요? 어우, 맨날 화장하고 지각하고 학교에서 아무것도 안 하는 앤데."

정말 그렇긴 했다. 매일 화장을 진하게 하고, 지각을 하고, 수업 시간에는 무기력하게 엎드려 있거나 주변 친구들의 공부를 방해하기 일쑤였다. 화장으로 학년부 지도 선생님들에게 걸려서 담임인 나에게 인계된 게 한두 번이 아니었다. 그때마다 나는 예슬이를 크게 나무라지는 않았다. 내가 야단친다고 해서 자신에게 거의 생명과 같은 화장을 포기할 것 같지는 않았기 때문이다.

그런데 참 이상하게도, 무엇이 예슬이의 마음을 움직였는지 언제부터인가 나를 보는 눈빛이 달라졌다.

수업 태도는 여전히 좋지 않았지만 학습에 전혀 관심이 없던 아이가 영어 공부를 하기 시작한 것이다. 나는 다른 과목 선생님들에게도 물어봤다.

"선생님, 혹시 예슬이가 다른 수업 시간에도 공부를 좀 하나요?"

"그럴 리가요."

그러고 보니 그렇게 자주 하던 지각을 안 한 지도 2~3주가 된 것 같다. 지난번 청소 시간에는 갑자기 내게 오더니 "선생님 저 청소 잘하죠?" 묻기도 했다. 얼떨결에 잘한다고 하긴 했지만, 절대 교사의 칭찬을 받으려 노력할 아이가 아닌데 신기했다.

무엇이 예슬이의 마음을 움직였을까? 화장을 눈감아 준 것? 크게 야단치지 않은 것?

사실 나도 잘 모르겠다. 예슬이가 변할 것이라고

기대한 적은 솔직히 없다. 그냥 예슬이를 있는 그대로 인정해 주고 싶었고, 화장 때문에 학생과의 관계를 망치고 싶지 않다는 생각은 이미 오래전부터 해왔다. 자신을 인정해 준다는 생각을 한 것일까? 정말 궁금하다. 언젠가 기회가 되면 예슬이에게 물어보고 싶다.

스승의 날, 뜬금없이 예슬이에게 카톡이 왔다. 아침부터 카톡이 많이 와서 별생각 없이 봤는데 예슬이의 메시지가 와서 깜짝 놀랐다.

"선생님 사랑해요. 항상 감사합니다."

기분이 좀 좋다. 아니, 많이 좋다.

영어 좀 못하면 어때?

"자, 길을 지나가다 보니 어? 식당 안에 우리 반 친구 길동이가 보이네? 자, 길동이가 식당에 있어. 여기에는 be동사 뭐가 들어갈까~요?"

나는 목소리를 한껏 높여 마치 뮤지컬을 하듯 손짓을 하며 칠판을 가리켰다.

길동_____ in the restaurant.

"is? is 같은데⋯⋯."

학생들은 나의 반응을 살피며 자신이 없는 목소리로 말했다.

"딩동댕! 잘하네! 잘하니까 문제 하나만 더 내 볼까? 식당에 길동이만 있는 줄 알았는데 길순이도 같이 있네? 어머! 웬일이야? 둘이 사귀나? 자, 그럼 길동이와 길순이가 같이 있으면 be동사 뭘 써야 할까?"

길동 and 길순 _____ in the restaurant.

"is!"
"are!"

이번에는 학생들이 제각기 다른 답을 내놓는다. 이 아이들은 중학교 2학년이지만 be동사 개념을 습득하기까지 한참이 걸린다.

나는 오랜 학습 결손으로 기초가 부족한 학생들을 위해 방과후수업을 개설하고 있다. 개념 하나를 이해시키기 위해 여러 번 같은 설명을 반복해야 하지만 나는 이 수업이 너무 즐겁다.

"괜찮아! 영어 모른다고 안 죽어! 잘 못해도 행복할 수 있어! 걱정 마!"

학생들이 어려워하거나 대답을 잘 못할 때 나는 늘 웃으며 이렇게 소리친다.

정말 그렇지 않나. 높은 점수를 받으면 좋은 대학에 가고 성공을 한다는 스토리는 이미 옛말이 된 지 오래다.

예전에는 나도 공부를 못하는 것이 게을러서, 혹은 노력이 부족해서라고 생각했다. 그런데 장애가 있는 아이들을 키우며, 또 학습이 어려운 학생들을 가르치며 공부를 못하는 것은 잘못이 아니라는 것을 깨달았다. 학습 능력 또한 인간의 다양한 능력 중 하나일 뿐이다. 내가 그림은 잘 그리지 못하지만 운동

6장 함께 부르는 노래

에는 자신이 있듯, 이 학생들도 학습은 어렵지만 각자 잘하는 것이 하나씩은 있다. 그저 학습 능력을 타고나지 않은 것뿐이다.

그런데 아직도 학교에서는 공부를 잘하는 학생들이 교사들의 칭찬을 독점하고 친구들에게도 인기가 좋다. 학습이 부진한 학생들의 낮은 자존감과 무기력은 교실에서 아주 쉽게 찾아볼 수 있다.

학생들에게 나는 하나라도 더 가르쳐 주려고 노력하는 동시에, 공부가 전부가 아니라는 것도 알게 해주려 애쓴다. 세상의 다양한 직업과 일을 하는 태도, 타인과의 건강한 관계와 사회 구성원으로서의 역할, 삶에 대한 철학 등을 내 수업에 자연스레 녹여 내기 위해 노력한다. 특히 내 방과후수업에 오는 학생들은 '알파벳 떼기', '파닉스', '생활 속 영단어 찾기' 등이 한 학기의 목표이긴 하지만, 나는 그들이 학습목표를 달성하지 못해도 자존심에 상처 입지 않기를 바란다.

내 수업을 통해 그동안 알지 못했던 학습법을 터

득하게 되어 날개를 달고 학습에 재미를 붙이는 학생들도 있지만, 그렇지 않은 학생들도 주눅 들지 않고 자기를 수용하고 사랑할 수 있기를 간절히 바라는 마음으로 수업을 한다.

아주 오래된 영화 제목이 생각난다.
'행복은 성적순이 아니잖아요'

진심을 다해 토닥여도 고개 숙인 학생들의 어깨를 펴 주지 못하는 말이다. 이 말이 어색할 만큼 성적에 상관없이 어느 학생이나 행복할 수 있는 학교가 되면 좋겠다.

'누구에게나 행복한 학교'는 장애에 대한 사회적 인식 개선만큼이나 어렵고 불가능한 일처럼 보이기도 한다. 하지만 오늘 딛는 한 걸음이 두 걸음, 열 걸음이 되어 큰 변화를 만들어 낼 것이라, 오늘도 굳게 믿어 본다.

교사도 사람

"얘기를 하다 보니 상담이 좀 길어졌네. 학원 가야 한다고 했지? 이제 우리 마무리할까? 성준아, 나한테 더 하고 싶은 얘기 없니?"

"선생님이 분명 1년 동안 잘해 주실 것 같아서 미리 감사드려요."

이런 답변을 하는 학생은 처음이라 깜짝 놀랐다. 나는 갑자기 장난기가 발동해서 말했다.

"내가 잘 못해 주면 어쩔 건데?"

"선생님이 그럴 리가 없어요. 만약 그렇다면 그건 선생님 잘못이 아니고 제가 뭘 잘 못한 거겠죠."

성준이와 나는 한바탕 큰 소리로 웃었다.

"성준아, 선생님도 사람이라 항상 잘할 수만은 없어. 나뿐만이 아니라 모든 사람이 그래. 항상 잘하기만 하는 사람도, 항상 잘 못하기만 하는 사람도 없는 거야. 네가 선생님을 믿어 줘서 고마운데, 혹시라도 선생님이 뭔가를 잘 못한다고 생각되면 주저하지 말고 얘기해 줘. 서로 예의만 잘 갖춘다면 그 정도는 소통으로 받아들일 수 있어. 선생님도 너의 기대에 부응할 수 있도록 최선을 다할게. 우리 함께 잘해 보자."

그렇다. 나는 노력하는 교사이지만 못하는 것도 많다. 오늘도 성준이를 통해 나를 돌아보았다. 교사라는 직업의 매력은 순수한 아이들과 함께하며 이렇게 참 배움의 순간을 자주 만날 수 있다는 것이다.

나는 학생들을 촉진하여 배움의 길로 안내해 주고, 학생들은 나를 자극하여 더 나은 교사가 될 수 있도록 도와준다. 끊임없는 만남과 배움, 성장이 이루어지는 학교. 나는 내가 교사인 것이 참 좋다.

선생님 사랑해요

"선생님 교실까지 제가 노트북이랑 책 들어 드릴게요."

수업에 들어가려고 교무실을 나서는데 문 앞에서 기다리고 있던 한 학생이 내가 든 노트북과 책을 들어 주며 성큼성큼 교실로 앞장서 갔다. 그 모습이 참 귀엽고 기특해서 웃음이 났다.

수업이 시작하면 교실로 들어갈 때까지 아마도 열 번은 웃지 싶다. 특히 복도 끝 반의 수업에 들어갈 때면 가는 길에 여러 반을 지나치는데, 한 반씩 지날 때마다 아이들의 환호 소리에 마치 레드카펫 위를 걷는 배우라도 된 듯한 기분이 든다.

"영어 선생님이다! 안녕하세요!"
"선생님! 너무 예뻐요!"
"선생님! 우리 다음 시간 영어예요!"
"선생님! 사랑해요!"

식물도 매일 사랑한다는 말을 들으면 쑥쑥 자란 다는데, 나는 곧 키가 180cm인 슈퍼모델이 될 것 같다.

오늘은 뒷문을 열고 얼굴만 빼꼼 내민 채로 "선생 님 사랑해요!"라고 외치며 머리 위로 하트를 만들 어 보이는 여학생을 보니 눈물이 날 것 같았다.

바쁜 일상 중에 피곤하고 지칠 때면, 아이들은 나

를 무대 위로 올려 준다. 나는 그저 아이들을 사랑하고 본분에 충실해 열심히 가르쳤을 뿐인데, 어떻게 내 속을 그리 잘 아는지, 지친 내 마음을 알아차리고 세상의 주인공인 양 나를 한없이 치켜세워 준다.

나에게 고통과 좌절의 시간이 없었다면 이토록 절절한 행복을 맛볼 수 있었을까. 기쁨, 웃음, 감사, 행복과 같은 흔하디흔한 단어의 진짜 의미를 알 수 있었을까.

바람에 흩날리는 낙엽을 보고서야 바람의 존재를 실감하듯, 시련의 바람을 맞은 뒤에야 비로소 삶의 소소한 행복을 깨달았다.

아이들 덕에 오늘도 나는 내 인생의 주인공이 된다. 레드카펫 위에 한껏 뽐낸 여배우 못지않게 '오늘'이라는 무대 위에, 나는 충분히 반짝거리고 있다.

함께 부르는 노래

"아줌마! 이것 보세요! 제가 수첩에 이렇게 다 적
었어요!"

연우와 같은 반 아이 하나가 등굣길에 나에게 달
려와 수첩을 보여 주었다. 수첩에는 노랫말로 보이
는 글이 빼곡히 적혀 있었다.

"노래 가사 같은데? 이걸 왜 적었어?"

뜬금없이 내게 수첩을 내민 아이의 속마음이 문득 궁금해졌다.

"연우가 하루 종일 노래를 부르잖아요. 같이 부르고 싶은데 제가 가사를 잘 몰라서요. 연우 따라다니면서 수첩에 가사를 다 적었어요."

나는 목이 메여 한참 대꾸를 하지 못하다가 겨우 말을 이었다.

"그래. 고마워. 그래서 연우랑 같이 불러 봤니?"
"네! 제가 따라 부르니까 연우가 웃으면서 쳐다봤어요."

연우와 함께 무언가를 하고 싶어 하는 아이의 순수한 마음이 내게 그대로 전해졌다. 연우와 손을 잡고 교실로 들어가는 아이의 뒷모습을 보며, 나는 참았던 눈물을 흘렸다.

갑자기 혼잣말을 하거나 큰 소리로 노래를 부르는 등 학교 적응을 어렵게 만들 거라고 염려했던 아이의 특성이, 또래와 연결고리를 만들어 줄 거라고는 꿈에도 생각 못 했다.

누군가를 사랑한다는 것은 허리를 굽혀 눈높이를 같이하는 거라 했는데 여덟 살 꼬마는 이미 타인을 사랑하는 법을 잘 알고 있었던 것이다.

초등학교 1학년 때 연우는 반 친구들에게 많은 사랑을 받았다.

"연우는 뭘 좋아해요? 연우랑 같이 놀려면 어떻게 해야 해요?"

언어로 의사소통이 쉽지 않은 연우와 가까워지기 위해, 아이들은 나에게 질문을 했다. 그리고 담임선생님의 요청으로 나는 반 친구들이 연우와 함께 놀 수 있는 간단한 놀이 도구를 매일 학교에 보냈다. 아이들은 등하굣길에 만난 나에게 달려와 연우와 함께한 일을 자랑하듯 이야기하곤 했다. 그러자 사람을 보고 인사할 줄을 모르던 연우가 친구들을 보고 스스로 웃으며 인사를 하기도 했고, 또래를 두려워하고 거부하던 아이가 친구와 어울려 놀기 시작했다. 심지어 하굣길에 친구를 졸졸 따라가다 길을 잃어버린 적도 있었다. 학기 말에는 어떤 아이가 이렇게 말했다.

"아줌마. 연우, 처음 봤을 때는 매일 혼잣말만 하고 대화가 잘 안 됐는데요, 지금은 말이 엄청 늘었어요. 진짜 좋아졌어요!"

어딘가 어른 흉내를 내는 듯한 아이의 말투가 왠지 귀엽고 기특하기도 해 빵, 웃음이 터졌다.

아이들은 진심으로 연우의 성장을 함께 기뻐하고 있었다. 연우에게 반 친구들은 가장 훌륭한 놀이 치료사이자 언어 치료사였다.

연우는 그렇게 '함께 살아가는 법'을 배우고 있다. 연우의 친구들도 배우고 있다. 함께 사는 사회의 축소판인, '통합교육의 울타리' 안에서.

연우야. 네가 태어나던 순간은 10년이 훌쩍 지난 지금도 방금 본 영화처럼 생생하게 기억이 나는구나. 네가 태어나 처음으로 내가 엄마가 되던 순간, 나 중심이던 세계가 너에게로 옮겨 간 순간. 내가 진짜 어른이 되기 시작했던 그 순간을 나는 평생 잊지 못할 거야.

너와 나는 온 힘을 다해 만나려고 애를 썼지. 우리

는 다행히 별 탈 없이 짧은 시간 진통을 끝내고 만났어. 네가 울음을 터뜨리며 세상에 나와 내 품에 안기던 그 순간을 나는 잊지 못해. 종잇장처럼 가볍고 연약한 존재였지만 눈을 뜨려고 애쓰는 생명이었지.

만나서 젖을 물리면 어찌나 눈물이 나던지. 네가 나에게 안긴 순간의 행복은 그 어떤 언어로도 표현할 수 없는 것이었어. 아빠와 엄마는 그렇게, 너를 말로는 표현할 수 없는 기쁨으로 환대했단다.

정우야.
아이를 가지는 것이 어렵다는 진단을 받은 엄마, 아빠는 네가 우리에게 오리라고 꿈에도 생각 못했단다. 네가 선물처럼 우리에게 왔을 때 믿을 수가 없어서 얼떨떨했지. 엄마의 배 속에서부터 너는 존재감을 확실히 알리더구나. 발로 엄마의 배와 갈비뼈를 뻥뻥 차 대는 너를 느끼며 나는 매일 웃었어. 분명 축구선수가 될 거라고 농담을 하며 웃던 기억이 생생하구나. 네가 배 속에 있는 동안 얼마나 많이 웃었는지 몰라. 그래서인지 너는 신생아실에서도 까르르 자주 웃어서 간호사들을 놀라게 했어. 신생아가 갈매기 눈을 하고 웃는데 어찌나 사랑스럽던지.

배 속에서처럼 너는 다리의 힘도 남달랐어. 누나의 발달이 느려 걱정뿐이던 나를 위로라도 하듯, 너는 남보다 빨리 뒤집고, 기고, 서고, 걸었어. 8개월에 걸었으니 모두가 놀랄 정도였지.

고맙다. 정우야. 누나의 장애 진단으로 슬픔에 빠져 허우적댈 때 너는 절망 가운데 한줄기 빛이었고 희망이었어.

연우야, 정우야.
태어나 3년 동안 너희는 부모에게 해 줄 모든 효도를 다 했어. 너희를 안고 나가면 세상을 다 가진 듯 자랑스럽고 행복했단다. 엄마, 아빠에게 인생 최고의 행복을 경험하게 해 주어 정말 고마워.

태어나던 순간이나 장애 진단을 받던 순간이나, 너희는 한결같이 귀하고 사랑스러운 존재였어.

미안하다. 그깟 장애 진단이 뭐라고 너희를 붙잡고 통곡을 했구나. 그냥 복지카드 한 장을 받았을 뿐 너희는 변한 것이 없는데, 태어난 순간부터 내 사랑하는 아들, 딸이었는데, 어리석은 엄마는 그것이 전부인 양 그렇게 울고 또 울었구나.

못난 엄마가 잠시 길을 잃고 헤매서 정말 미안해. 엄마도 엄마가 처음이라 잘 몰랐어. 게다가 장애는 불행이라고만 알고 살아온 평범하고 무지했던 사람이라 내 삶을 받아들이는 데 시간이 필요했어. 이런 엄마를 기다려 줘서, 이렇게 예쁘고 사랑스러운 모습으로 건강하게 옆에 있어 주어 고마워.

너희들 덕분에 엄마는 모르던 세상을 알게 돼 감사해. 너희가 내게 오지 않았다면 엄마는 어떤 삶을 살았을까.

피부를 스치는 바람, 따사로운 햇살에 감사할 수 있었을까? 내 존재를 깊이 들여다보고 주변의 불행을 내 아픔처럼 공감할 수 있었을까?

1등을 하지 않아도 행복할 수 있다는 사실을 깨닫고, 건강한 음식의 가치를 알며, 소박한 요리에 감사하고, 최선을 다한 하루가 얼마나 귀한 것인지 알 수 있었을까?

너희는 태어난 순간이나 지금이나 앞으로도 영원히 귀하고 소중한 존재야. 그 사실을 잊지 않고 살아갔으면 좋겠다.

사랑하는 내 딸 연우, 내 아들 정우야.
엄마는 이 세상을 떠나는 순간까지 너희들이 살기에 좋은 세상을 만들기 위해 노력할 거야. 너희보다 하루 더 살기를 기도하기보다는 내가 없이도 잘 살아갈 수 있는 세상을 위해 열심히 노력할게.

엄마가 온 맘 다해 사랑한다.

2022년 5월의 어느 날,
사랑하는 엄마가.

장애 아이를 키우는 엄마입니다. 영원히 달랠 수 없는 슬픔으로 힘겨워하던 제게 선생님의 글은 따뜻한 포옹이 되었습니다. 당신이 울고 웃는 모든 순간에 마음으로 함께하는 영원한 친구가 되겠습니다. 당신의 삶을 늘 응원합니다. 사랑합니다.

—박○연

선생님이 온 힘을 다해 쓰신 글이라는 것을 알 수 있습니다. 고맙습니다. 이 글을 읽으니 더 존경스럽습니다. 대한민국 모든 발달장애인의 부모님 수고 많으셨습니다.

—하○현

선생님의 글을 읽으니 눈물이 왈칵 쏟아지네요. 20년 동안 특수교사로 일하면서 보람과 행복도 느꼈지만, 아이들의 이런 내리막 변화들을 마주할 때마다 저 또한 절망감을 느끼곤 했거든요. 교사인 나도 이 일을 그만둘까 고민할 때가 있는데 그만둘 수도 없는 부모님들은 어떠실까······. 곳곳에서 일어나는 작은 움직임이 나비효과로 퍼져 가고, 결국 국가 차원의 다양한 제도들이 마련될 거라 기대하고 있습니다.

－ 최○주

학교생활로는 다 알 수 없는 발달장애 아이들의 삶을, 또 부모의 삶을 글로 접하고 있지만 쉽게 댓글을 달 수가 없었습니다. 때로는 울컥하고 때로는 꼭 안아 주고 싶고······. 그저 더 제대로, 아이들의 삶을 보듬어 주는 특수교사가 되어야겠다고 어쭙잖은 다짐을 해 봅니다.

－ 김○온

힘든 삶을 사는 수현은 항상 환하게 웃는다. 그 웃음이 너무 환하고 예뻐서 가끔은 그녀의 상황들을 까맣게 잊을 때도 있다. 그 웃음만큼 귀하게 쓰이길 진심으로 바란다. 사랑해♡

－김○영

가장 '이수현다운' 삶을 그려 내는 모습이 존경스러운 작가님. 그 모습을 늘 응원합니다. 삶의 힘겨움이 찾아올 때면, 곁에서 응원하는 사랑하는 사람들이 있음을 기억하세요. 이수현 is 뭔들!

－권○련

제가 수현 님을 경이롭게 바라보는 이유는 아픔을 외면하거나 덮어 두지 않고 늘 용기 있게 대면하기 때문이에요. 감동적인 글입니다.

－ 이○희

이수현 선생님은 다른 사람들이 못 하는 일을 하고 계세요. 바로 사회를 바꾸는 체인지 메이커! 훌륭한 글솜씨로 사람들에게 선한 영향력을 끼치고 계신 선생님, 늘 응원합니다!

– 권○민

장애를 이해하고 배려하고 받아들이는 연습은, 장애인과 장애인 가족뿐만 아니라 우리 모두의 몫입니다. 제 몫을 다하지 못해서 미안합니다. 힘내세요, 선생님.

–민○혜

세상을 향하여 소리쳐 주시는 선생님, 감사합니다. 선생님은 제게 큰 스승님이세요. 신은 생의 길섶에 선물을 숨겨 두었다고 하는데 선생님을 위해 하는 이야기 같습니다. 누군가에게는 절망과 좌절이 되어 주저앉을 일을, 희망과 소명으로 바꿔 가시는 분들을 두고 하는 이야기 같네요.

–문○미

언젠가 죽기 전에라도 동생의 장애가 벗어지지 않을까? 내가 특수교사가 된다고 헌신하면 하나님이 고쳐 주시지 않을까? 일어나지 않을 일을 두고 울며 기도하고 절망하던 수많은 날들이 떠오릅니다. 절망하기엔 너무 화려한 봄날이니 뭐라도 할 겁니다. 우리 아이들이 행복하게 인격적인 대우를 받으며 살 수 있는 세상을 위해, 뭐라도 해야겠어요. 뭐라도 할 겁니다.

–서○지

연우네를 알게 된 후로 아무 일 없는 평온한 저녁이 되면 빚진 마음이 생기기 시작했다. 발달장애 아이는 어느 가정에든 생길 수 있는데 수현이 부부가 그 일을 감당하게 된 것에 대한 미안한 마음이 들었다. 수현의 글을 통해 마음에 빚진 자들이 생겨나면 좋겠다. 미안함과 애정으로 발달장애 가정을 응원하는 사람들이 그들 곁에 생겨나길 소망한다. 많은 사람들이 수현이의 글을 읽고 마음이 변화되길 바란다.

—수현의 big fan 깽아

우린 슬픔 속에서도 또 하나의 보석을 받는 사람들.

—윤○지

선생님의 글을 읽다 보면 어려움이 어려움이 아닐 수 있는 방법을 찾아가는 여정처럼 느껴져요. 좋은 글을 공유해 주셔서 감사해요. '내가 없어도 너희들이 잘 살 수 있는 세상', 함께 만들어요 쌤.

—김○희

선생님이 다른 장애 부모님들과 비장애인들에게 미치는 선한 영향력이 참 크다고 느낍니다.

—이○화

수현 님의 글에는 강력한 힘이 있는 것 같아요. 아무리 긴 글이라도 쉽게 읽히고 자꾸 기다려지게 되더라구요. 본인의 감정을 똑바로 마주하기도 힘들지만 그걸 글로 표현해 내는 일은 더 힘든 일일 텐데, 그 어려운 걸 해내시네요. 정말 멋지고 존경스럽습니다. 수현 님이 우리 사회에 일으키는 파장에 저도 함께하겠습니다. 응원하고 또 응원할게요! 힘내주세요!

—김○진

선생님의 글을 읽으며 지금까지 가르쳤던 장애 학생들을 떠올립니다. 동정 어린 배려에서 이제는 그것을 조금 넘어설 것 같습니다.

—홍○종

하나는 '사랑', 다른 하나는 '득도得道'! 이 두 개는 저 깊은 곳에서 통할 거라는 생각이 듭니다. 선생님을 성원합니다.

—박○기

제가 사는 아파트에 장애인 친구가 있는데, 그 친구의 어머니가 웃는 걸거의 본 적이 없는 듯합니다. 동생은 얼마나 착하고 예의 바른지, 가끔은장애를 가진 형 때문에 동생이 너무 일찍 철이 든 게 아닌가, 짠한 마음이 들기도 했습니다. 제가 그 친구를 봐 오던 지난 시간 동안 나는 진짜어떤 마음이었을까, 단 한 번이라도 그 부모의 티끌만 한 심정으로 그 친구를 대하고 본 적이 있었을까. 선생님의 가족과 또 장애인을 둔 가족들을 생각하며 이렇게라도 응원하고 기도하며 늘 힘을 보태겠습니다.

—여○현

더 높은 곳을 향해 아등바등 살기에 바빴던 저에게 수현 님의 글은 잠시쉬어 가라고 만들어 놓은 나무 벤치 같습니다. 차마 힘내라는 말은 못하겠습니다. 충분히 힘내서 하루하루를 살아가고 계실 테니까요. 들리지않고 보이지 않는 수많은 응원이 수현 님을 향하고 있을 거예요.

—류○정

자신과의 만남을 통해 큰 깨달음의 경지에 이른 수현 쌤께 박수를 보냅니다.

—김○중

드라마를 보다가 눈물 흘린 경험은 있지만 페친 글을 보다가 눈물을 흘린 건 처음이네요. 아픈 걸 아프다고 있는 그대로 표현하시는 수현 님의글에 자연히 녹아 들어간 거 같아요. 같이 아프다는 말씀만 드릴게요. 언제나 응원합니다.

—Sam ○ ○ ○

응원해 주는 사람들

선생님이 올려 주시는 발달장애인 부모의 삶 이야기를 읽으며 제가 만나는 아이를 대하는 저의 태도를 돌아보고 있습니다. 늘 건강하게, 행복하게 연우, 정우와 오래도록 함께해 주시길 기도하겠습니다. 연우와 정우가 어른이 되면, 반드시 더 행복한 삶을 살 수 있는 사회를 만들어야 하니까요. 더 노력하겠습니다, 선생님!

—천○호

누가 뭐라든 너는 소중한 존재

1판 1쇄 2022년 07월 27일
1판 3쇄 2023년 12월 7일

지은이 ··· 이수현
펴낸이 ··· 김태은

책임편집 ··· 한지수
마케팅 ··· (주)맘스라디오
디자인 ··· 필요한디자인
교정 ··· 이은주

표지그림 · 손글씨 ··· 정은혜

펴낸곳 ··· 스타라잇
출판등록 ··· 2020년 3월 31일 (제 409-2020-000020호)
주소 ··· 서울시 마포구 월드컵북로400, 5층 1호
전자우편 ··· starlightbook@naver.com
팩스 ··· 0504-051-8027

ISBN ··· 979-11-971354-7-7 03810